Julius Wolff

Der fliegende Holländer

Julius Wolff

Der fliegende Holländer

ISBN/EAN: 9783744633321

Hergestellt in Europa, USA, Kanada, Australien, Japan

Cover: Foto ©Andreas Hilbeck / pixelio.de

Weitere Bücher finden Sie auf **www.hansebooks.com**

Der
Fliegende Holländer.

— • • — • — —

Eine Seemannssage

von

Julius Wolff.

— • — • —

Berlin,

G. Grote'sche Verlagsbuchhandlung.

1892.

—

Druck von Fischer & Wittig in Leipzig.

Inhalt.

Charlottenburg, 1892.

I.

Unter Palmen.

Tiefblau der Himmel, tiefblau das Meer,
Die Küste bewaldet, im Vordergrunde
Die glänzende Stadt und die Häuser umher
Wie Blüthen im Kranze der grünenden Runde.
Denn weit in des Festlands Lagerung
Streckt eine Bucht den gespannten Bogen,
Langsam, mit großem, mächtigem Schwung
Rollen herein die atlantischen Wogen.
Und Schiffe kommen und gehen fort,
Mit Gütern und kostbaren Schätzen beladen,
Sie von Brasiliens sonnigstem Port
Hinwegzuführen nach fernen Gestaden.
Bahia und Allerheiligenbai,
Ein Paradies auf des Erdballs Mitten,
Als hätten, wer schöner und herrlicher sei,
Hier Land und Meer mit einander gestritten.
In blendender Pracht das Ufer entsteigt
Mit ragenden Hügelreihen den Fluthen,
Und üppiger Waldwuchs, unendlich verzweigt,
Schattet und schirmt vor den tropischen Gluthen.
Die Jaccabäume, so riesengroß,

Euphorbien, Farne, gefiederte Palmen,
Mangrovendickichte, grenzenlos,
Und Bambusgebüsche mit schwankenden Halmen.
Des dunkeln Lorbeers stolzes Geschlecht,
Hellgrün saftstrozende Bananen,
Und undurchdringlich das Geflecht
Von kraus verschlungenen Lianen.
Mit Blättern, mit Fächern und Wedeln drängt
Sich's wuchernd empor zu Licht und Leben,
Hoch zwischen Wipfeln aufgehängt
Die wunderbarsten Blüthen schweben.
Ein zaubrisch Bild ist's, das entzückt,
Von nah gesehen und von ferne,
Das Herz erhebt, den Sinn berückt
Im Sonnenlicht, im Glanz der Sterne.

Im Hafen liegen Mast bei Mast,
Vierkant getoppt, in Drang und Gewirre,
Viel Schiffe, laden und löschen die Last
Und bessern Tauwerk und Geschirre.
Wie lustig Wimpel und Flaggen wehn,
Und Boote rudern nach allen Seiten,
Und wie die weißen Segel stehn,
Die über die blaue Fläche gleiten!
Weit dehnt sich und rückt zum Strande vor
Die Handelsstadt mit Speichern und Schuppen
Und baut sich am Bergeshang empor
Mit Gartensitzen und Häusergruppen.
Geschäftiges Treiben tost und braust
Betäubend auf des Dammes Länge,
Maulthiere, Neger, Matrosenfaust

Schaffen sich Raum im dichten Gedränge.
Dort oben schweigende Wildniß prangt
In unerschöpflicher Gestaltung,
Hier unten zu seinem Recht gelangt
Des lauten Weltverkehrs Entfaltung.

Steht Einer auf des Bollwerks Höh
Und raucht und blickt nach all den Schiffen,
Ein Seemann, den schon Sturm und Bö
Auf jedem Breitengrad umpfiffen.
Ist stämmig, untersetzt gebaut
Und wetterhart als wie von Stahle,
Doch aus den klaren Augen schaut
Ein guter Kern in rauher Schale.
Wie er so pafft und spuckt und späht,
Sieht er ein Gigg zu Lande kommen;
Scharf lugt er hin und sinnt und räth,
Von welchem Schiff es abgeschwommen.
Das Wasser von den Riemen blitzt
Im Sonnenschein, als ob sie brennen,
Den aber, der am Ruder sitzt,
Den Kapitän, den sollt' er kennen!
Hielt manchesmal derselbe Grund
Nicht schon die Anker von den Zweien?
Gewiß! die Hände vor dem Mund
Als Sprachrohr, jenen anzupreien,
Brüllt er von oben: „Boot, ahoi!"
Und winkt und winkt ihm, anzulegen,
„'s ist Edzard Truelsen, meiner Treu!"
Und eilt hinab dem Freund entgegen.
Der springt aus seinem Gigg an Land,

1*

Eh ihn der Andre kann erreichen, —
„Früd Buncken!" und dann Hand in Hand:
„Das deut' ich mir zum guten Zeichen!"
So ruft erfreut der jüngre Mann,
Ein blonder, hochgewachsner Friese,
Der Mitte Dreißig zählen kann,
Mit Augen, blau wie zwei Türkise.
Zum Damm hinauf die Beiden gehn,
Sie haben sich seit langen Tagen
Zu Land, zu Wasser nicht gesehn,
Und manches giebt es da zu fragen.
„Von Hamburg komm ich," Buncken spricht,
„Nach dem La Plata geht die Reise,
Das Weitere weiß ich selber nicht,
Das kommt auf Ladung an und Preise.
Und Ihr?" — „Ach, wie vom Sturm gehetzt
Bin ich mit meiner Bark gefahren,
Von den Molukken komm' ich jetzt,
Bin draußen schon seit ein paar Jahren.
Nun aber weht vom Topp hinaus
Der Heimatwimpel endlich wieder;
Wie freu' ich mich, hol' ich zu Haus
Ihn erst im Hafen glücklich nieder!"
„Wart Ihr so lang der Heimat fern,
So kann ich Euch das Neuste melden,"
Sagt Buncken, „und Ihr hört es gern,
Etwas vom Brandenburger Helden.
Denkt Euch! der Kurfürst — ein Genie!
Baut eine Flotte, will sich regen
Und gründet eine Kolonie
In Afrika des Handels wegen.

Was sagt Ihr?!" — „Daß ihm Gott vergelt!
Noch hatt' ich nichts davon vernommen.
Wie sieht es sonst aus in der Welt?
Ich bin erst gestern angekommen."
Früh Buncken bläst den Rauch und meint:
„Wenn heut wir zu Baretto steuern,
Wo Abends alle Mann vereint,
So hört Ihr Euch an Abenteuern
Und Neuigkeiten voll und satt
In der befahrnen Companhia,
Und dieser Schuft Baretto hat
Den besten Tropfen in Bahia."
Edzard blickt um sich auf die Bai,
Von dunklem Walde rings umschlossen,
Als ob's ihm lang Entbehrtes sei;
Tief athmend spricht er zum Genossen:
„Noch zu dem Hügel laßt uns gehn
Bis dort, wo die Bignonien winken!
Auf fester Erde Grund zu stehn,
Macht mich so froh; — dann wolln wir trinken."

Bald sind sie oben in dem Grün
Von Feigen, Myrten und Mimosen,
Drin rankende Bignonien blühn
Blau, goldig gelb und roth wie Rosen.
Hier, unter Palmen, hoch und breit,
Erquickt sie linde Schattenkühle,
Und Stille herrscht und Einsamkeit,
Fernab vom lärmenden Gewühle.
Da blinkt die Stadt, da blitzt die Bucht,
Fast wie ein Spiegel glatt geschliffen,

Doch auf des weitsten Blickes Flucht
Sieht stets der Seemann nach den Schiffen.
Vom schimmernden Gelände bald
Hinweg die Kapitäne schauen
Zum Hafen nach dem Mastenwald
Mit seinem Spinnenweb von Tauen.
Sie mustern Bauart, Rumpf und Deck
Manch eines Fahrzeugs auf der Welle
Vom Klüverbaume bis zum Heck
Und Takelung und Segelschnelle.
So sitzen sie auf einem Stein,
Wo sie die Aussicht weit umfassen;
Edzard weist in die Bucht hinein
Nach einem Schiff und fragt gelassen:
„Wer hat da schon hinausgelegt,
Um sich vom Ankerplatz zu trennen,
Sobald sich eine Kühlte regt?
Ich kann die Flagge nicht erkennen.“

   „Holländer Flagge, wie sie nie
Ein Tüchtigerer bringt zu Ehren,
Von der Ostindischen Compagnie
Das größte Vollschiff der Mynheeren.“
„Wer führt es? Edzard wieder fragt.

   „Wer's führt? ich dacht', Ihr würdet's rathen,
Nach dem, was eben ich gesagt;
Kein Andrer ist's, als Tyn van Straten.“
Jählings aus seiner Ruh gestört,
Fährt Edzard überrascht zusammen,
Wie er von Früh den Namen hört,
Und murmelt: „Mag ihn Gott verdammen!“
„Habt Ihr mit ihm was? kann's durch mich,“

Fragt Buncken, „ausgeglichen werden?
Van Stratens bester Freund bin ich,
Vielleicht sein einziger auf Erden."
Der Andre schüttelt und erklärt:
„Daran ist nichts mehr auszugleichen;
Was mir geschehn ist, ist verjährt;
Wer will Entschwundenes erreichen?"

„Schnell ist van Straten von Entschluß,
Was ihm in Weg kommt, tritt er nieder,
Jedoch nach seines Zorns Erguß
Ist er auch leicht versöhnlich wieder."

„Ich kenn' ihn, den man nicht vergißt,
Hat man ihn einmal nur gesehen;
Erzählt mir, was Ihr von ihm wißt,
Von dem so viel Gerüchte gehen!"
Früb Buncken nimmt sich etwas Zeit,
Um die Erinnrungen zu sichten
Aus Jugend und Vergangenheit,
Und dann beginnt er zu berichten.

„Es ist an dreißig Jahre her,
Vielleicht auch noch ein bischen länger,
Da waren Jungen ich und er
Auf einem alten Walfischfänger.
Weiß nicht, ob Ihr da oben wart
Um Grönland in dem arktischen Eise, —
Na, kurz, es war 'ne kalte Fahrt
Und unser Beider erste Reise.
Doch wurden wir bei Speck und Thran
Und all den Prügeln, die's gegeben,
Uns gegenseitig zugethan

Und schlossen einen Bund fürs Leben.
Wir kamen dahin überein,
Noch weiter gleichen Kurs zu steuern,
Und ließen nach der Lehrzeit Pein
Uns beid' als Leichtmatrosen heuern
Auf einer Bark, die neu gebaut
Und die man eben erst bemannte;
Mit ihrer Ladung vollgestaut,
War sie bestimmt nach der Levante.
Es gab an Bord nicht viel zu thun,
Kein Sturm macht' unsre Kraft ermüden
Im Mittelmeer, wir durften ruhn,
Und uns gefiel's im schönen Süden.
Doch große Fahrt im Sinn uns lag,
Ostindien wünschten wir zu sehen
Und konnten schon nach Jahr und Tag
Auch dahin unter Segel gehen.
War er schon immer musterhaft,
So zeigte sich auf dieser Reise
Van Stratens Fähigkeit und Kraft
In einer staunenswerthen Weise.
Klug und geschickt, voll Ehrgeiz auch
Und bis zur Tollkühnheit verwegen,
Erwies in allem Schifferbrauch
Er sich uns Andern überlegen.
Was man auf See nur lernen kann,
Das lernt' er, nichts ging ihm verloren,
Man sah's auf Schritt und Tritt ihm an:
Er war zum Kapitän geboren.
Dahin auch strebt' er unverwandt,
Ging ab vom Schiff und drückte bieder

Zum schnellen Abschied mir die Hand,
Schon als zum ersten Male wieder
Der Anker in der Heimat fiel
Nach einer Fahrt, die reich gesegnet;
Ich wünscht' ihm Glück auf jedem Kiel
Und bin ihm lange nicht begegnet.
Doch später sollt' ein Ungefähr
Uns noch einmal zusammenbringen;
Bootsmann auf einer Bark war er,
Ich ward als Steuermann auf Dringen
Des Jugendfreundes angestellt,
Als wir in Amsterdam uns trafen
Zur Reise nach der Inselwelt
Des Stillen Ozeans. Im Hafen
Schon fiel mir's auf: seitdem getrennt
Wir an verschiedner Schiffe Borden
Umfuhren Cap und Continent,
War Tyn ein Anderer geworden.
Wie's zuging, ist mir nicht bewußt;
Die See war seit der Kindheit Tagen
Sein Aufenthalt, und eine Lust
War ihm das Wetten und das Wagen.
Hat Menschentrug, hat Schicksalsmacht
Verrätherisch an ihm gehandelt?
Das Grausen einer Schreckensnacht
Sein Herz versteint? — er war verwandelt.
Er war der flotte Maat nicht mehr,
Der alte fröhliche Geselle,
Der seinen Dienst, ob leicht, ob schwer,
Mit Freuden that und Windesschnelle.
Jetzt war er eisern streng und hart,

Wie von Unnahbarkeit umflossen,
Doch stets mit Geistesgegenwart
Zum rechten Thun sofort entschlossen.
Und wenn er sonst im Sturmgebraus
Fest der Gefahr ins Auge blickte,
So fordert' er sie jetzt heraus
Zum Kampf, wenn sie der Himmel schickte.
Die Kräfte spannt' er übers Maaß,
Wie er als Bootsmann kommandierte,
So daß man manches Mal vergaß,
Wer eigentlich an Bord regierte.
Uns und dem Schiff gereichte zwar
Zum Heile sein Sichüberheben
In der Gewalt, denn leider war
Der Kapitän dem Trunk ergeben.
Wir standen gut, obwohl im Joch
Der Pflicht er wenig Worte machte;
Ich fühlt' es, daß er immer noch
In alter Freundschaft meiner dachte.
Ein Zufall half in jener Zeit,
Ihn inniger an mich zu ketten,
Ich hatt' einmal Gelegenheit,
An Land das Leben ihm zu retten.
Auf Sumatra, ein Tiger hielt
Am Boden ihn schon in den Krallen;
Ich schoß und hatte gut gezielt,
Er wäre sonst dem Tod verfallen.
Mir dankt' er's, daß ich ihn befreit,
Schien aber nun erst recht zu glauben,
Er dürf', in jeder Noth gefeit,
Sich Ungeheures selbst erlauben.

Das that er denn nun mehr als je,
Macht auch die Mannschaft wild verwogen
Und sauste durch die gröbste See
Mit Segeln, die die Masten bogen.
Mehrmals, wenn gar zu arg er's trieb,
Hab' ich's ihm ernstlich vorgehalten,
Er aber lachte nur und blieb
Bei seinem frevelhaften Schalten.
Ein Ende nahm wie jedes Ding
Auch diese Fahrt, es kam zum Scheiden;
Doch dieses Mal war ich's, der ging,
Um mir den Freund nicht zu verleiden. —
    Das ist, was ich mit ihm erlebt,
Erfuhr dann mehr aus Andrer Munde,
Was als Gerücht ihn weit umschwebt,
Und davon habt Ihr selber Kunde."
„Nein, nein", sprach Edzard, „weiter! spinnt
Das Garn noch fort in aller Klarheit!
Ihr seid van Straten treu gesinnt,
Von Euch allein hör' ich die Wahrheit."
Früd Buncken schaute nach der Bai,
Als wollt' er den im Schiff dort fragen:
Wir hielten Stürme durch, wir Zwei,
Soll ich das Schlimmste von Dir sagen?
Dann war's, als ob er mit der Hand
Das Ruder faßte wie zum Wenden,
Bezwingend, was ihm widerstand,
Um Halbgethanes zu vollenden.

„Was von van Stratens Lebenslauf
Die Blätter seines Schicksals zeigen,"

Nahm Früh den Faden wieder auf,
„Euch, Edzard, will ich's nicht verschweigen.
Er wurde Kapitän nun, fuhr
Mit manchem Schiffe durch die Meere
Und machte nicht sich selber nur,
Auch seiner Flagge Ruhm und Ehre.
Doch was sich schon von Jugend an
In ihm entwickelte im Stillen,
Ist er geworden, ein Tyrann
Mit einem unbeugsamen Willen.
Davon nicht einen halben Strich
Läßt jemals er, und damit eben
Beherrscht er alles, außer sich,
Und bebt vor nichts zurück im Leben.
In seiner ungestümen Kraft,
Die nichts zum Wanken bringt und Weichen,
Fröhnt er jedweder Leidenschaft
Mit einem Eifer ohne Gleichen.
Er flucht, wie ich es nie gehört,
Er ist ein lasterhafter Spieler
Und hat am Kartentisch zerstört
Schon Lebensglück und Zukunft Vieler.
So lang sein Bug die Welle bricht,
Vertraut er blindlings seinem Sterne,
Fürcht' sich vor Tod und Teufel nicht,
Auch nicht vor Gott, — ich sag's nicht gerne.
Allein, ob auch an Sünden schwer,
Er ist ein Mensch von großen Gaben,
Seefahrer wie kein Zweiter mehr
Und allzeit für den Freund zu haben.
Gern hilft er aus mit Rath und That,

Er, der im Zorn so Fürchterliche;
Wer je vertrauend ihm genaht,
Den ließ er niemals noch im Stiche.
Wem er ins Auge recht gesehn,
Dem ging es zu des Herzens Grunde,
Der kann ihm nicht mehr widerstehn,
Ist ihm verfallen von der Stunde.
Der Alles, was er will, auch kann,
Ist König drum in jedem Kreise,
Hält Alt und Jung in Zwing und Bann
Auf eine wunderbare Weise.
Verbindung hat er nah und fern,
Geschickt verwerthend seine Kräfte,
Gleich einem klugen Handelsherrn
Führt er die schwierigsten Geschäfte.
Dabei ist er ein Mann von Wort,
Verläßlich, ohne Fehl und Makel,
Beim Schifferamt in jedem Port
Gilt seine Meinung als Orakel.
Und noch ein Zug — unglaublich schier
Bei ihm grad'! — steckt ihm tief im Blute:
Er liebt die Heimat, hängt an ihr
Treu wie an seinem höchsten Gute.
Wenn aber Leidenschaft hinreißt
Den Stolzen, Unberechenbaren,
Dann ist's, als hätt' ein böser Geist
Ihn in Besitz mit Haut und Haaren.
Unbändig und entsetzlich dann
Ist er, wenn in ihm bis zum Toben
Der Wüstling Oberhand gewann,
Und der ist leider oftmals oben.

Einmal war er für kurze Zeit
Auf einen bessern Weg gekommen,
Als er — fünf Jahr sind's jetzt — gefreit
Und sich ein junges Weib genommen.
Sie mocht' ihn nicht und hat sich lang
Gesträubt dagegen, ihn zu nehmen,
Man sagt, sie hätte nur dem Drang
Der Noth gehorcht, sich zu bequemen,
Und einen Andern gern gesehn.
Allein der Tropf, statt zuzufassen
Und seine Liebe zu gestehn,
Hätt' sie vergeblich warten lassen.
Ihr Vater aber, fühllos kalt,
Hat, mit van Stratens Geld gedungen,
Sie ihm verkauft und mit Gewalt
Das Mädchen zu der Eh' gezwungen.
Ein halbes Jahr hielt er sich gut
Und lebte mit ihr auf dem Lande,
Bezähmend Spiel= und Zorneswuth,
Als lenkten ihn der Liebe Bande.
Dann kam der Rückschlag; plötzlich gor,
Was mühevoll gedämpft, aufs Neue
Heiß in ihm auf und brach hervor
Wild, ohne Schranken, ohne Reue.
Aufathmend sah sein Weib ihn ziehn,
Das Vollschiff ward ihm zugesprochen;
Ein Jammer ist's, daß wieder ihn
Die alten Laster unterjochen." —

Edzard saß still, um recht genau
Zu hören, was ihm Früd verbürgte.

Jetzt fragt' er leis: „Kennt Ihr die Frau?"
Als ob er an der Frage würgte.
„Gewiß! sie wohnt in Amsterdam",
Sprach Früb mit hochgezognen Brauen,
„Ach, Edzard! wie die Ros' am Stamm,
So herrlich ist sie anzuschauen.
Ist voll und fest und wunderbar,
Wie eine Tanne hoch gewachsen,
Die Augen blau, das krause Haar
Goldblond, man könnt' auch sagen flachsen.
Ein Zug nur um den rothen Mund,
Der auch beim Lächeln wiederkehrte,
Verrieth ein Weh in Herzensgrund,
Als ob die Sehnsucht sie verzehrte."
Ein tiefes, dumpfes Stöhnen brach
Aus Edzards Brust, die Hand er legte
Dem Andern derb aufs Knie und sprach
Mit Beben aus, was ihn erregte:
„Früb! wißt Ihr's nicht? — der Tropf bin ich,
Der damals sie hat warten lassen;
Ich hatte nichts und traute mich
Nur deßhalb noch nicht zuzufassen.
Als ich dann wiederkam von See
Heim nach Greetsiel, wo wir geboren,
Und hatte, was man braucht zur Eh',
War Ingeborg für mich verloren."
„Das ist es?! — hättet Ihr's gesagt,"
Sprach Früb mit leichtem Stirnefalten,
„Eh Ihr nach dem da mich gefragt,
Hätt' ich damit zurückgehalten."
Edzard erhob sich: „Jetzt nur fort!

Gleich wird die Nacht herniedersinken;
Von alle dem nicht mehr ein Wort!
Kommt! — zu Baretto! — wollen trinken!
Ihr stutzt; nein, Früb, so mein ich's nicht;
Ich will nur unter Menschen gehen,
Wo man von Wind und Wetter spricht
Und die Gedanken mir verwehen."

Sie brachen auf; es regten sacht
Die Palmen sich in leisem Wiegen,
Doch unter ihnen war mit Macht
Ein Sturm in Edzard aufgestiegen.

Beim Pharv.

Zur goldnen Cocosnuß am Strande,
So hieß das Gasthaus, das sich Ruf
Als guter Ankerplatz am Lande
Bei manchem alten Seemann schuf.
Der Wirth, ein schlauer Portugiese,
Sah seinen Vortheil gründlich ein
Und hielt, daß man ihn weitum priese,
Stets einen auserlesnen Wein.
Dazu die schönsten Negerinnen
Als Schenken, üppig von Gestalt
In spärlich zugeschnittnem Linnen,
Mit Brust und Armen wie Basalt.
Die Schifferstube ließ erkennen:
Sie ward besucht und viel gebraucht,
Nicht glänzend war der Raum zu nennen,
Die Decke schwärzlich angeraucht.
Den Wänden gaben Schiffsmodelle,
Manch ausgestopftes Waldgethier,
Korallen, Muscheln und die Felle
Von Jaguaren Schmuck und Zier.
Da saßen um Baretto's Tische

Seefahrer aller Flaggen schon,
Sodaß in buntem Sprachgemische
Sich spann der Unterhaltung Ton.
Es hatte Keiner zu besorgen,
Was eilte, für sein schwimmend Haus,
Sie hatten alle Zeit, denn morgen
War Freitag, — da lief Keiner aus.
Drum saßen Deutsche, Spanier, Britten,
Holländer, Portugiesen, auch
Franzosen hier beim Wein und stritten
Um Handelsrecht und Seemannsbrauch.
Breit lächelnd mit den blanken Zähnen
Goß den Madeira, funkelklar,
Ins Stengelglas den Kapitänen
Der schwarzen Heben flinke Schaar.

Jetzt traten, ihren Durst zu kühlen,
Früd Buncken auch und Edzard ein
Und fanden Platz auf freien Stühlen
In der Berufsgenossen Reih'n.
Früd nahm, sobald er nur getrunken,
Antheil an des Gespräches Gang,
Edzard saß still in sich versunken,
Als wär' ihm fremd der Sprachen Klang.
Früd stieß ihn mit dem Knie und fragte:
„Nun? mundet der Madeira nicht?
Wer war es, der von Trinken sagte?
Ihr macht ein wunderlich Gesicht.
Mit ein paar derben Seemannsscherzen
Bringt die Erinnrung Ihr zur Ruh,
Und das verdammte Leck im Herzen

Stopft Ihr mit Unterröcken zu."

„So dacht' ich manchmal und vertheerte
Mir faustdick den geschundnen Bug, —
's ist all umsonst," sprach Edzard, leerte
Sein volles Glas auf einen Zug,
Versuchte dann entschlossner Weise
Sich abzuschütteln, was ihm schwer
Im Sinne lag, und sah im Kreise
Von seines Gleichen nun umher.

Da saßen markige Gesellen
Mit festem Herzen, theils ergraut
Im steten Kampf mit Wind und Wellen,
Mit Wagniß und Gefahr vertraut.

Die Einen wortkarg, ernst, bedächtig,
Knorrig geschnitzt aus hartem Holz,
Heißblütig Andre, redemächtig,
Auf ihres Landes Flagge stolz.

Aus den gebräunten Zügen warfen
Sie mit des Seemanns bestem Sinn
Die Blicke, die durchdringend scharfen,
Wie über Meeresweiten hin.

Sie sprachen von entlegnen Fernen,
Wo überall ihr Anker sank,
Und wußten unter allen Sternen
Die Straßen zwischen Riff und Bank.

Sie hatten durch die Einsamkeiten
Des Wogenschwalls der Erde Rund
Umsegelt schon und Raum und Zeiten
Durchmessen ob der Tiefe Grund.

Sie sprachen von des Schiffes Kräften,
Als ob's ein edler Renner sei,

2*

Von Cargo, Lasten und Geschäften
Und vom Verdienst der Kauffahrtei.

Auf einmal war wie abgeschnitten
Die Unterhaltung, alles sah
Zur Thür hin, denn hereingeschritten
War Einer noch und stand nun da,
Gebieterisch und überlegen
Herabschau'nd auf der Gäste Zahl,
Als wär' er seines Ansehns wegen
Ihr Oberster und Admiral.
Er war bedeutsam ausgestattet,
Von hoher, sehniger Gestalt,
Die Augen lagen tief beschattet,
Doch mit des Adlerblicks Gewalt.
Um seine hagern Wangen streckte
Sich zugespitzt ein schwarzer Bart,
Sein Haupt auch, das er trotzig reckte,
Die Stirn gefurcht, war schwarz behaart.
Baretto schlich, gebückt zur Erde,
In Unterwürfigkeit heran,
Scheu flüchteten mit Angstgebärde
Die Mädchen vor dem finstern Mann.
Kalt wie der Nordwind aber hauchte
Es Edzard Truelsen an, als just
Der hier wie aus dem Boden tauchte,
Der ihm vergällt des Lebens Lust.
Und Niemand war, dem sein Erscheinen
Nicht Eindruck machte, hier im Saal,
Auf ihn nur schien sich zu vereinen
Die Neugier Aller ohne Wahl,

Die ihn noch nie gesehen, staunten
Den Fremden an von Schopf zu Schuh,
Die aber, die ihn kannten, raunten
Sich eifrig seinen Namen zu.
In jedem Hafen hörten schallen
Sie des Erfahrnen Ruhm und Lob,
Doch war es Einer nur von Allen,
Der ihn begrüßend sich erhob.
Früh Buncken war's, — „Komm her, van Straten!"
Sprach er, „hier ist ein Platz für Dich,
Zwei alte, fest verpichte Maaten
Wie Du und ich vertragen sich.
Ihr kennt euch ja," wandt' er sich wieder
Zu Edzard dann; der nickte bloß.

Van Straten aber ließ sich nieder,
Und Edzard war es wie ein Stoß,
Der blutig ihm das Herz durchrannte,
Als es van Straten nun gefiel
Zu sagen: „Ja, wir sind Bekannte,
Herr Edzard Truelfen von Greetfiel!
Ihr habt mir Eines nicht vergeben,
Man hat mir's später klar gemacht;
Nicht meine Schuld, des Schicksals Weben
Hat um Erhofftes Euch gebracht."
„Mynheer van Straten, was geschehen,
Das laßt, als läg's im Grabe, ruhn,
Und wenn wir von einander gehen,
So wollen wir's in Frieden thun,"
Entgegnet' Edzard, doch er fühlte,
Wie's ihm bei seiner Worte Klang
In allen Adern kocht' und wühlte,

So sehr er sich zur Ruhe zwang.
Das war der Mann, der ihm genommen
Sein Liebstes auf der weiten Welt;
Der Unhold war ans Ziel gekommen,
Und s e i n e Hoffnung war zerschellt.
Zwar hatt' es jener nicht verschuldet,
Daß Ingeborg s e i n Weib nicht war;
Was bei dem Wilden sie erduldet,
Das war's, was ihm den Haß gebar.

Manch einen von den Kapitänen
Traf schon van Straten hier und dort
An fremden Küsten, und mit denen
Tauscht' er auch hier ein ehrlich Wort.
Zum ersten Mal heut gegenwärtig,
Seitdem man hier sein Schiff gesehn,
War er schon wieder segelfertig,
Mit gutem Wind in See zu gehn.
Vor Anker liegen, das behagte
Nicht seinem ruhelosen Sinn,
Und als man ihn im Kreise fragte
Nach seiner Fahrt woher, wohin,
Erwiedert' er: „Von den Antillen,
Und nach Batavia geht's hinaus,
Dann komm ich drüben aus dem ‚Stillen‘
Vor drei, vier Jahren nicht nach Haus.
Ich habe mich um nichts zu sorgen,
Als wie ich weiter kommen soll,
Sei's morgen, sei es übermorgen,
Nur vorwärts! und die Segel voll!"
„Nun, morgen doch wohl nicht!" ertönte

Es hinter ihm. Verächtlich warf
Den Kopf er schulterwärts und höhnte:
„Wer für mich beten will, der darf
Sich's meinetwegen schon erlauben,
Ich scher' auf meinem festen Kiel
Den Henker mich um Freitagglauben —
Und um den andern auch nicht viel."
Da schwiegen sie, denn Keiner mochte
Ihn reizen, der auf Menschenmacht
So lästerlich vermessen pochte,
Von keiner Gottesfurcht bewacht.
Van Straten ärgerte dies Schweigen,
Das mehr als Widerspruch ihn schalt,
Und um den Schwächlingen zu zeigen,
Wie wenig ihm ihr Urtheil galt,
Wandt' er sich an den Freund zur Seiten,
Als wären die nun abgethan:
„Früd, möchtest Du mich nicht begleiten,
Zur Südsee hin mit Deinem Kahn?
Wir halten wie vor einem Haufen
Von Jahren wieder gleichen Strich,
Und wenn wir Raa an Raa so laufen,
Besuchst Du mich an Bord, ich Dich."
Früd sprach: „Nach dem La Plata lauten
Ja meine Briefe, Tyn! und die,
Die Schiff und Ladung mir vertrauten,
Verlangen Rechnung über sie."

„Ach, komm doch mit! was Du geladen,
Das bringst Du dort auch an den Mann,
Und nicht zu Deines Rheders Schaden,
Ich helfe Dir, soviel ich kann.

Die alten Zeiten laß uns heben
Und lichten, was uns drückt und drängt;
Bist ja der Einzige im Leben,
An dem noch meine Seele hängt!"
Der Einzige! und hat — o Jammer! —
Ein Weib wie Ingeborg! so schrie
Der Groll in Edzards Herzenskammer,
Dem er jedoch nicht Worte lieh.
Früb schüttelte das Haupt und sagte:
„Es geht nicht, Tyn! ich kann nicht mit;
Zur Untreu wär' es, wenn ich's wagte,
Zu Falsch und Fehl der erste Schritt."
Van Straten runzelte die Brauen,
Doch Antwort gab er darauf nicht,
Und düster war er anzuschauen
Mit seinem gelblichen Gesicht.
In ihm schien etwas vorzugehen,
Ein Wandel ward in seinem Rath,
Schnell wie der Uebergang geschehen
Von gutem Will'n zu böser That.
Was er — und selten kam's — empfunden
An warmem, menschlichem Gefühl,
Im Augenblicke war's verschwunden,
Streng war er wieder, herb und kühl.
Wenn jetzt er sprach, so drang die Stimme
Rauhtönig, hart ihm aus der Brust,
Und lacht' er, klang es wie im Grimme,
Wie Trotz und Hohn, nicht Herzenslust.
Es schien ihn Ungeduld zu zwicken,
Es zwinkert' ihm um Naf' und Mund,
Und er besah mit raschen Blicken

Sich die Gesellschaft hier im Rund,
Als sucht' er heimlich nach Genossen
Für einen Plan, der ihm entstand,
Und prüfte, wen er wohl entschlossen
Zu seinem Unternehmen fand.
Bald blickt' er unstät nach den Wänden,
Den Negerinnen und dem Wirth,
Bald spielt' er fingernd mit den Händen,
Von Unrast immer mehr durchirrt.
Der Wein war's nicht, was ihn erregte,
Als trieb' ihn eines Dämons Kraft;
Was ihn von Grund aus so bewegte,
War schwer verhaltne Leidenschaft.
Jetzt brach es los, wonach er gierte;
Er sprang empor mit einem Mal
Und rief, als ob er kommandierte,
Mit lauter Stimme durch den Saal:
„Wir sitzen starr und steif hier binnen,
Als ob uns Kiel und Mast versank,
Ich weiß ein beßres Garn zu spinnen:
Ein Spiel, ihr Herrn! ich halte Bank!
He! schwarze Pantherin, die Karten!"
Und eine volle Börse risch
Warf er, als könnt' er's nicht erwarten,
Goldklirrend vor sich auf den Tisch.

Erst stutzten sie nach diesen Worten
Und sahn sich fragend, zaudernd an,
Doch gleich ermuthigten Kohorten
Gehorchten sie dem Führer dann.
Früb suchte seine Hand zu fassen,

Sprach innig dringend auf ihn ein:
„Tyn, kannst Du nimmer davon lassen?
Es wird Dein Untergang noch sein."
Ihn traf ein Blick, der sengend, lohend
Wie Gluth aus einem Krater stieg,
So niederschmetternd, finster drohend,
Daß er davon betroffen schwieg.
Auch Edzard schien sich nicht zu rühren
Aus seiner angenommnen Ruh;
Da rief ihm, um ihn zu verführen,
Van Straten übermüthig zu:
„Wohlan, Herr, wenn es Euch gefiele!
Ihr wißt, manch Blättchen wendet sich,
Vielleicht habt Ihr mehr Glück im Spiele
Als in der Liebe gegen mich.
Ihr segelt in den nächsten Tagen
Zur Heimat, und da könnt' es sein,
Ihr sacktet, um es heim zu tragen,
Hier noch ein rundes Sümmchen ein."
Doch Edzard brauchte nicht der Mahnung;
Zum Kampfe riß es ihn empor
In einer wundersamen Ahnung
Mit dem, an den er mehr verlor.

Sofort war von den schwarzen Schönen
Ein Tisch mit grünem Tuch behängt
Und um der argen Sucht zu fröhnen,
Von allen Seiten dicht umdrängt.
Kaum daß sie noch die Lippen netzten,
So standen oder saßen stumm
Die Gäste, wetteten und setzten,

Van Straten schlug die Karten um.
Ein Andrer war er jetzt inmitten
Der Wagenden; was er gewollt,
Hatt' er erreicht, und unbestritten
Ward seinem Will'n Tribut gezollt.
Kalt war er, nur sein Auge strahlte,
Sein Antlitz schien von Blute leer;
Ob er nun einstrich, ob er zahlte,
Mit keiner Wimper zuckt' er mehr.
Fortuna war bei flottem Satze
Bald ihm und bald den Spielern hold,
Doch häufte sich vor seinem Platze
Mehr als vor Andern Gold auf Gold.
Nacht ward es, und die Stunden flogen,
Und rascher wechselte das Glück,
Und die von ihm Genarrten zogen
Sich reuig, mißgestimmt zurück.
Doch ob's auch leerer ward und leerer,
Van Straten wich und wankte nicht,
Er hielt die Bank, des Schatzes Mehrer,
Mit einem steinernen Gesicht.
Und endlich, ganz zuletzt, da saßen
Am Pharotische nur noch drei,
Von denen zwei schon längst vergaßen,
Ob's Tag, ob's Nacht, ob's Morgen sei.
Nur Edzard spielte mit van Straten
Noch immer fort, und Buncken ließ
Zuschauend sie im Golde waten,
Doch jetzo drehte sich der Spieß.
Edzard gewann und setzte dreister,
Van Straten lächelte voll Hohn,

Doch Edzard blieb von nun an Meister,
Und jener sah Gewinn und Lohn
Wie Flugsand rinnen und verschwinden;
Das er zu bannen stets gewußt,
Das Glück ließ sich nicht länger binden,
Und bald auch war er im Verlust.
Die Ruh verlor er, ihm erbebte
Die allezeit so sichre Hand,
Und auch in Edzard stieg und strebte
Das Blut zu Kopf wie Fluth am Strand.
Der Ein' erhitzte sich am Andern
In leidenschaftdurchtobtem Sinn
Bei der Dublonen Rolln und Wandern
Vom Einen fort zum Andern hin.
Abzug auf Abzug that van Straten,
Und jetzt — mit einem wilden Fluch —
Schob er den letzten der Dukaten
Edzard hinüber, riß ein Buch
Mit dem Entschluß aus seiner Tasche,
Der ihm im Augenblick gereift,
Und — „halt! noch nicht!" mit Blitzesrasche
Hatt' er den Trauring abgestreift.
„Erst diesen Ring hier! zwei Pistolen
Ist er für Euch am Ende werth,
Könnt ihn Euch nicht bequemer holen,
Habt ihn ja selber einst begehrt!"
So spottet' er; Edzard erfaßte
Darüber namenlose Wuth,
Daß er im Angesicht erblaßte
Vor dieses Menschen Frevelmuth.
Doch sieh! der Ring auch ging die Wege

Dem Gold nach, wie die Karte schlug,
Der innerhalb in Schriftgepräge
Ingborgs geliebten Namen trug.
Wie Edzards Brust sich hob und dehnte,
Als er das Kleinod an sich nahm,
Vor Schmerz, daß er das heiß ersehnte
Als schnöden Spielgewinn bekam!
Und jetzt aus seinem Buche setzte
Van Straten schnell ein leeres Blatt,
Schrieb drauf, hielt's hoch und rief: „Das Letzte!
Jetzt um das Weib, an Goldes Statt!
Drei Jahre sollt Ihr es besitzen,
Gewinnt Ihr! hier mein Testament!
Von den Dublonen, die da blitzen,
Die Hälfte für dies Dokument!"
Sprachlos, als hätt' er nicht verstanden,
Starrt' Edzard den an, der verspielt,
Der aus dem Schiffbruch noch zu landen
Ihm das Papier entgegenhielt.
Früd aber warf sich zwischen beide
Die Arme breitend übern Tisch:
„Denkt ihr, daß ich den Wahnwitz leide?
Her mit dem gottverfluchten Wisch!"
Van Straten fuhr zum Dolch und drohte:
„Wem's Leben lieb ist, Früd, der schweigt!
Es bleibt bei meinem Angebote
Im Ernste, den ich euch gezeigt."
Er stand und sah auf Edzard nieder:
„Drei Jahr geb' ich Dir Ingborg preis,
Auf hoher See nehm' ich sie wieder,
Am Cap der guten Hoffnung sei's!

Ich schwöre, daß ich dort sein werde,
Du schwörst, daß Du das Weib mir bringst,
Schwörst mir bei Himmel, Höll' und Erde,
Und wenn Du dran zu Grunde gingst!"
Edzard sprang auf; er glüht' und bebte,
Als wenn's wie Feuer ihn durchrönn',
Was ihm vor Sinn und Seele schwebte:
Wenn er jetzt Ingeborg gewönn'!
Die Hände schlugen sie zusammen
Mit Blicken, die kein Wort beschreibt,
Ein Hassen war's und ein Verdammen,
Wie Klinge sich an Klinge reibt.
„Nun ohne Wanken, ohne Wählen
Vorwärts! getheilt den Haufen jetzt!
Ach was! wozu noch lange zählen?
Ein Strich grad durch und dann gesetzt!"
Und es geschah; da lag der Bettel,
Sie wußten nicht einmal wieviel,
Daneben der geschriebne Zettel,
Ein Weib, — ein Weib stand auf dem Spiel.
Und Edzard wischte sich die Tropfen,
Die kalten Tropfen von der Stirn,
Er fühlte seines Herzens Klopfen,
Im Kreise schwang sich ihm das Hirn.
Und Früd, der kaum zu athmen wagte,
Saß da gleich einem Bild von Stein,
Nur daß er an der Lippe nagte,
Den Freund anstierend und den Schein.
Jetzt aber ging ein merklich Zittern
Auch durch van Straten ohne Hehl,
In seiner Brust schien's zu gewittern;

Er zog, — die Karte schlug ihm fehl.
„Der Satan mag es Dir gesegnen,
Was Du an ihr zu finden meinst!
Da! nimm sie hin bis aufs Begegnen
Am Cap der guten Hoffnung einst!"
So schrie er auf in seinem Grimme
Aufs falsche, trügerische Glück
Mit heisrer, muthgebrochner Stimme
Und sank auf seinen Stuhl zurück.
Bei aller Pulse Flirrn und Fliegen
Nahm Edzard mit sich seinen Schein;
Das Gold ließ auf dem Tisch er liegen,
Die Negerinnen heimsten's ein. —

Van Straten saß in dumpfem Brüten
Mit schwerbewölktem Angesicht,
Früd Buncken, um ihn zu behüten,
Hielt bei ihm aus und stört' ihn nicht.
Doch nun erhob er sich; sie gingen
Zur Landestelle, wo das Boot
Van Stratens lag, ihn heim zu bringen
Zu Schiffe vor dem Morgenroth.
Der Weg war weit, und lange schritten
Sie schweigend durch die Dämmrung fort;
Im Druck, darunter beide litten,
Sprach endlich Früd das erste Wort.
„Ihn," fing er ruhig an, „ich meine:
Du machst rückgängig, was geschehn,
Die Ehre fordert's, Dein' und seine,
Der Sündenpakt darf nicht bestehn."
„Meinst Du! ist Dir's schon vorgekommen,"

Fuhr auf van Straten, „daß hernach
Bereuend ich zurückgenommen
Ein Wort, das ich im Ernste sprach?"

„Als Ernst gilt nicht, wenn einen Braven
Der Leidenschaften Wahnsinn hetzt;
Im Rausch hast Du wie einen Sklaven
Dein blondes Weib aufs Spiel gesetzt.
Sahst Du nicht Truelsens Widerstreben,
Als es zum letzten Abzug ging?
Er muß den Schein Dir wiedergeben
Und wird es auch mitsammt dem Ring."

„Er wird sich hüten, hat's gewonnen
Ehrlich und rechtlich, ohne Trug,
Der Wette Preis hab' ich ersonnen,
Der Ausgang war des Schicksals Zug."

„Ich will's vermitteln, laß mich machen!
Ich hole Dir Dein Weib zurück,
Du sollst mich schelten und verlachen,
Gelingt mir nicht dies Freundschaftsstück."

„Ich will es aber nicht, verschwende
Nicht länger Deine Worte, Mann!
Denn die Geduld geht mir zu Ende,"
Ließ ihn van Straten grimmig an.
Früd aber blieb bei seinem steten
Ermahnen noch im Weitergehn:
„Wie willst Du ihr entgegentreten?
Wie soll sie Dir ins Auge sehn,
Wenn er sie Dir nach dreien Jahren
Auf hoher See nun wiedergiebt,
Nachdem er ihre Gunst erfahren
Und sie dann einzig ihn noch liebt?

Soll selig in des Andern Armen,
Als wär' es auf geheimer Flucht,
Das schöne, junge Weib erwarmen?
Spürst Du denn nichts von Eifersucht?"
Van Straten stöhnte laut und eilte,
Dem scharfen Folterer zu entfliehn,
Früb Buncken aber bohrt' und feilte,
Drang immer heftiger in ihn:
„Er segelt ab in wenig Tagen;
Laß mich verhandeln, eh's zu spät!
Ihr müßt euch um den Schein vertragen,
Ein Schurke, wer ein Weib verräth!"

„Früb! Früb! bei allen Höllengeistern!"
— Er reckte keuchend sich empor,
Die Fäuste schüttelnd — „mich zu meistern
Wagst Du zu viel! Früb, sieh Dich vor!"
Sie standen auf dem Uferdamme,
Den tiefes Wasser leis umstrich,
Mann gegen Mann in Zornesflamme,
Den Sternenhimmel über sich.

„Sag', widerrufst Du, Sühne gebend,
Was Du geschrieben auf dem Schein?"
„Nein!!" schrie van Straten stampfend, bebend.

„So bist Du ehrlos! — das steck' ein!"
Van Straten packt' ihn handfest, eisern
Und knirschte: „Nimm zurück das Wort!
Sonst — bei den ew'gen Schicksalsweisern!
Kommst Du lebendig nicht hier fort!"

„Nimm erst Dein Weib zurück! beharrlich
Bleib' ich dabei, — Du hast die Wahl!"
„Nein!!" — „Nun, so bist Du wahr und wahrlich

Ehrlos! ich sag' es noch einmal!
Verflucht das Land, vom Meer umgeben,
Das Du betrittst! im Wind verwehn
Soll Deine Spur, Du sollst im Leben
Nicht Weib, nicht Heimat wiedersehn!"
Ein Dolchstoß fuhr ihm durch die Rippen
Ins Herz hinein aus sichrer Hand;
Ein Aufschrei, — und die steilen Klippen
Rollt' er hinunter und verschwand.

Im Osten ward es dämmerhelle;
Van Straten, in der Brust den Mord,
Ging zu des Bootes Landestelle,
Bestieg es und befahl: „An Bord!"

III.

An Bord.

Der Tag kam schnell heraufgestiegen,
Schon überm Wald in goldigem Schein
Glänzte der Himmel, ein sanftes Wiegen
Kam in die dunkeln Wipfel hinein.
Noch lag die Stadt in schweigender Starre,
Im Schatten die Bai noch, still und leer,
Weit draußen aber, jenseits der Barre
Spiegelt' und blitzte das offne Meer.
Und bald, gleich brennenden Pfeilen, trafen
Die ersten Sonnenstrahlen als Ziel
Der Schiffe höchste Toppen im Hafen
Beleuchtend der Wimpel züngelndes Spiel.
Das Wasser träuselnd sprang eine Brise,
Schaumköpfe zeigten sich, silberweiß;
Wem dieser Wind in die Segel bliese,
Der käme hindann aus Bahia's Kreis.

Van Stratens Gigg durchschneidet die Welle,
Längsseits des Schiffes legt es an,
Die Fallreepstreppe hinauf in Schnelle,
Befiehlt an Bord er: „Alle Mann
Zum Ankerlichten, zu Fall und Brassen!

3*

Wir segeln aus!"   Sein Wort gebeut,
Der Bootsmann doch scheint's nicht zu fassen, —
„Herr," spricht er, „es ist Freitag heut!"
Van Straten aber blickt mit Augen
Den Mann von unten nach oben an,
Die ihm an Mark und Blute saugen, —
„Wir segeln, sagt' ich!" braust er dann,
„Südost zum Ost! der nächste Hafen,
Den wir anlaufen, ist am Cap,
Nehmt das Kommando! ich will schlafen,"
Und geht in die Kajüte hinab.
Auf Deck ertönen die Befehle;
Am Gangspill summt zu Tritt und Trott
Ihr Lied die rauhe Seemannskehle,
Und Mancher denkt: bewahr' uns Gott!
Die Spindel knarrt, es klirrt die Kette,
Der Anker aus der Tiefe steigt,
Und aufgeentert um die Wette
Wird in die Wanten; langsam neigt
Das Schiff sich leewärts vor dem Winde, —
Laß fallen Segel! und sie roll'n
Von allen Raa'n herab geschwinde,
Und wuchtig blähen sich die voll'n.
Im Schiff ist Steuerkraft, am Buge
Bricht sich die Welle, rauscht und schäumt,
Wie sich der Kiel auf seinem Zuge
Bald niedersenkt, bald mächtig bäumt.
Ums Vorgebirg in weitem Bogen
Mit allen Segeln prangend geht
Im Sonnenglanz auf blauen Wogen
Das stolze Vollschiff „der Komet".

Es mußten kräftige Naturen,
Erprobte, feste Burschen sein,
Die auf van Stratens Schiffe fuhren,
Urwüchsig bis ins Herz hinein.
Sie waren 's auch vom jüngsten Jungen
Bis zu dem ältsten Bootsmannsmaat,
Von eines Willens Macht durchdrungen,
Entschlossen auch zur schwersten That.
Da war nicht Einer, der verzagte,
Wenn es um Tod und Leben ging,
Nicht Einer, der nicht alles wagte,
Wenn er in Großbramwanten hing.
Es waren hartgestählte Geister,
Die trotzig aus den Augen sahn,
Doch ihrem strengen Herrn und Meister
Mit Leib und Leben unterthan.
Sie hatten viel mit ihm erfahren,
An Schlimmes hatt' er sie gewöhnt
Und sie mit manchem Sonderbaren
In seinem Wesen längst versöhnt.
Sie kannten sein entsetzlich Fluchen,
Sie fühlten oft sich bös bedroht,
Sie sahn ihn das Geschick versuchen
In Augenblicken höchster Noth.
Das aber, was er zu vollbringen
Gebieterisch sie heute zwang,
Das war von allen argen Dingen
Das Aergste, das ihm je gelang.
Am Freitag unter Segel gehen
War wider Gott und Gottes Sohn,
Nur Unglück konnte draus entstehen

Als solches Frevels bittrer Lohn.
Denn Gottesfurcht ist angeboren
Dem Seemann, wo er immer lebt,
Und wenn verlassen und verloren
Er auf der Wasserwüste schwebt,
Den Himmel über sich, das Grauen
Der Einsamkeit und der Gefahr
Vor sich, da gilt es Gott vertrauen
In tiefer Demuth immerdar.
Und diesen alten, steten Glauben,
Dem Freitagsegeln Sünde hieß,
Den wollte der dem Volke rauben,
Deß Hochmuth an die Wolken stieß.
Ein Backsgast sprach zum andern leise:
„Tam Töggen, wie ist Dir zu Muth?
Mir schwant, 's ist unsre letzte Reise,
Ich sah am Bugspriet frisches Blut."
„Blut, Sym? wo sollte das herkommen?"
Sprach Tam nun, den es kalt beschlich,
„Sonst hast Du Recht: es kann nicht frommen,
Was heut geschieht, das sag' auch ich."
    „Der Alte war nicht klar geschoren,
Als er Befehl gab: „Alle Mann!"
Ich wett', er hat die Nacht verloren
Im Spiel, mehr als er zahlen kann.
Ich war an Deck, — Gott soll mich strafen!
So sah ich nimmer sein Gesicht,
Zum Bootsmann sagt' er: „ich will schlafen";
Tam, — schlafen thut der heute nicht!
Ich weiß, er rennt in der Kajüte
Wie ein gehetztes Wild umher,

Als ob das Fieber in ihm wüthe,
Spricht mit sich selbst und — wem noch mehr?"
„Du meinst —?" — „Tam Töggen, was ich meine,
Das sag' ich nicht, Du räthst es wohl,
Es denke Jeder sich das Seine,
Horch' auf den Wind! er geht so hohl."
Das Schiff war eine weite Strecke
Vom Land schon ab, der Steuermann
Stand auf dem hohen Quarterdecke
Und sah zum Großmast ernst hinan.

Und er schlief nicht, der schlafen wollte,
Weil schwer und heiß wie siedend Blei
Das Blut ihm durch die Adern rollte
Und ihm Früd Bunckens Todesschrei
Mitsammt dem Fluch im Ohre schallte,
Der mit erbarmungsloser Gier
Sich tief in seine Seele krallte
Gleich dem vielarmigen Gethier
Im Meere, das mit Riesenfängen
Den Schwimmer packt zu Halt und Haft
Und im Erdrosseln und Zerdrängen
Qualvoll ihm aussaugt Saft und Kraft.
Durchs Fenster flog, dem Gurt entrissen,
Der Dolch, der ihm gedient zum Stoß, —
Was half's? die Mordthat im Gewissen
Ward mit dem Wurf er doch nicht los.
Und keinen Feind hatt' er erstochen,
Dem er seit Jahren Rache sann,
Auch Truelsen nicht den Hals gebrochen,
Der Ingeborg ihm abgewann, —

Dem Jugendfreund, der ihm das Leben
Gerettet, wie's verloren schien,
Hatt' er zum Dank den Tod gegeben,
Weil Früd im Recht war gegen ihn.
Wenn's ruchbar würde, wenn's zu Ohren
Den Menschen käme, was geschehn!
Nie dürft' er dann, wie's Früd geschworen,
Die liebe Heimat wiedersehn.
Der wackre Freund, der alte treue!
Das blonde Weib, so hold und schön! —
Den Teufel auch! nur keine Reue!
Sie ist der Unthat schärfste Pön.
Die Faust kracht auf den Tisch er nieder
Mit einem Schlage, wuchtig schwer,
Dann aus Kajütenfenster wieder
Tritt er und lugt hinaus aufs Meer.
Er sieht, so weit die Blicke reichen,
Kein Schiff, wellauf wellab geschwenkt,
Er sieht nur, wie des Windes Streichen,
Die blauen Wogen hebt und senkt.
Und weiter nichts. Einsam, verlassen,
Hat er, allein auf sich gestellt,
Nichts mehr zu lieben, nichts zu hassen,
Nicht Weib, nicht Freund mehr auf der Welt.
Ihn schaudert, und er fühlt ein Beben,
Wie er so steht im engen Raum;
Wie lang noch? und dies arme Leben
Verliert sich wie des Brechers Schaum.
„Den Tropfen, der im Grenzenlosen
Der Meeresfluthen hier versinkt,
Hebt anderswo des Sturmes Tosen,

Daß er noch einmal gleißt und blinkt
Im Sonnenlicht, im Schein der Blitze,
Im Mondenglanz, und käm' er auch
Zur Klarheit auf der Wellenspitze
Nur flüchtig wie des Windes Hauch.
Wo aber bleibt des Geistes Weben,
Wo bleibt der Wille, wo die Kraft
Und alles, was mit heißem Streben
Hier innen wohnt und wirkt und schafft?
Taucht das auch in den Ozeanen
Des Weltenalls noch einmal auf,
Durchschreitend vorbestimmte Bahnen,
Unwandelbar wie Sternenlauf?
Dem Tod verfalln, aus Staub geboren
Und dennoch zur Unsterblichkeit
Verdammt, daß niemals geht verloren,
Was sich bewegt in Raum und Zeit?
Nicht ausgelöscht, verweht, vergessen
Wird dieses Dasein? steht gebucht?
Wird That gewogen, Schuld gemessen?
Und was verflucht ist, bleibt's verflucht?
Ach! fort mit euch, ihr bangen Fragen,
Auf die mir Niemand Antwort giebt!
Das Schwerste ist: das Leben tragen,
Ob man's verachtet oder liebt.
Nur Eines wüßt' ich gern hienieden:
Was ist das Schicksal, das mich drängt?
Kann ich's mit eigner Kraft mir schmieden?
Ward's herrisch über mich verhängt
Je nach dem Stand der Sterne droben,
Als ich in dieses Dasein trat?

Wird drum gewürfelt? wird's gewoben
In unbekannter Mächte Rath?
Werd' ich gezwungen, so zu handeln,
Wie ich gethan, was hülf' es dann,
Bemüht' ich mich, mein Herz zu wandeln?
Mein Wahlspruch ist: Selbst ist der Mann!
Versinken werd' ich in den Wellen
Einmal nach hoffnungslosem Streit,
Elend im sprüh'nden Gischt zerschellen
Am Felsen der Nothwendigkeit.
Doch so lang will ich muthig kämpfen
Mit allem, was mir widersteht,
Nicht Wunsch, nicht Willen in mir dämpfen,
Bis Einer kommt und „Beigedreht!"
Von weitem ruft mit einer Stimme,
Die Sturm und Donner überschallt;
Kommt dieser Segler an der Kimme
Mir einst in Sicht, — dann heiß' es: „Halt!"

Er blieb noch lang in tiefem Sinnen,
Im Banne der Erinnerung
Und ließ an sich vorüberrinnen
Vergang'ner Zeiten Spiegelung.
Traumbilder stiegen auf und flossen
Und führten dahin ihn zurück,
Wo er auch einmal das genossen,
Was Andern Segen heißt und Glück.
Am Lande war es, in vier Wänden,
Die ihn umfingen als sein Heim,
Wo ihm von Ingborgs reinen Händen
Ward eingepflanzt der Bess'rung Keim.

Sie lieb' ihn nicht, doch ihr zu Liebe
Pflegt' er in sich den guten Kern
Und machte, zähmend wilde Triebe,
Sich selbst zu seiner Laster Herrn.
Nur Ingeborg war es gewesen,
Die es vermocht hatt' über ihn,
Daß er geläutert und genesen
Von seinem wüsten Treiben schien.
Und jetzt? — mit Schuld war er beladen,
An seinen Händen klebte Blut,
Und käm' er noch einmal zu Gnaden, —
Nur unter eines Engels Hut
Wär's möglich; die nur könnt' ihn retten
Von der abschüssig finstern Bahn,
Befrei'n aus der Verdammniß Ketten,
Die es doch einmal schon gethan.
Wie, wenn er schnell das Ruder drehte,
Zu ihr, zu ihr, sie reuevoll,
Demüthig um Verzeihung flehte,
Sie mit sich nähm', und aller Groll
Hinschwände dann an ihrer Seite?
Ein neues Leben bräch' ihm an!
Ihm ist's, als dringe durch die Weite
Zu ihm der Ruf: „Was säumst du, Mann?
Noch fest an seiner Ankerboje
Liegt Truelsens Schiff; komm ihm zuvor!
Kehr' um nach Norden!" — aus der Koje
Will er zum Decke schon empor,
Da fällt's ihm ein: „dein Wort gegeben
Hast du dem Andern, Hand und Schwur!
Drei Jahr! was sind drei Jahr im Leben?

Sie schwinden wie des Schiffes Spur
Auf seinen öden Wasserwegen;
Harr' aus in Hoffnung und Geduld!
Dann bringt er dir dein Weib entgegen,
Und tilgen wird sie deine Schuld.
Sie dankt es dir, daß du dem Einen
Sie ließest, den sie stets geliebt,
Wird für dich beten, flehn und weinen,
Daß der dort oben dir vergiebt."

Er stieg an Deck; des Schiffes Planken,
Sie waren Heimat ihm und Haus,
Und dort, im Wiegen und im Schwanken,
Blickt' er aufs blaue Meer hinaus.
Kein Segel weit und breit zu sehen, —
„Ach, Früd! Früd, führest Du mit mir!
An Deinen Bord dann wollt' ich gehen,
Mich schelten lassen auch von Dir.
Ha! dort! was treibt dort auf den Wogen?
Früd Buncken ist es, steif und hart
Kommt im Kielwasser er gezogen,
Und sein gebrochnes Auge starrt
Mich gläsern an, als ob er schwämme,
Mich zu verfolgen durch die Fluth
Mit seinem Fluch, die Wellenkämme
Sind alle roth von seinem Blut.
Und was sie rauschen, was sie klagen,
Es donnert Mord und immer Mord!
Und wie mit Todtenhänden schlagen
Laut klatschend sie an Bug und Bord."
Die See, die innig ihm vertraute,

Sie selbst erhob sich gegen ihn,
Daß mit Gesichten, die er schaute,
Sie jetzt ihn zwang, vor ihr zu fliehn.
Der Furie Faustgriff am Genicke,
Eiskalten Schauder im Gebein,
Mord auf der Seele, Blut im Blicke,
Eilt' er hinab und schloß sich ein.

„Haft ihn gesehn?" sprach Sym, „er blickte
Verwirrt und scheu, als wär' ihm schlimm,
Vom Deck hinaus." Tam Töggen nickte:
„Das kommt vom Freitagsegeln, Sym!"

IV.

Das Wiedersehen.

—

Die Heimfahrt Edzard Truelsens ging
Glücklich von Statten; aus Backbord fing
Der Wind sich in den Segeln und bauschte
Sie zwischen den Raaen, mächtig rauschte
Der Kiel dahin mit einer Schnelle,
Als ob nicht Wind allein und Welle
Das Barkschiff Edzards schöb' und triebe, —
Als ob die Sehnsucht und die Liebe
Die Masten versehen hätten mit Schwingen,
Ihn hin zu Ingeborg zu bringen.
    Zu Amsterdam im Oosterdock
Lag festgemacht das Schiff am Baume,
Der Hanger an der Großraanock
Hob Last auf Last aus seinem Raume.
Wie anders war dies Hafenbild
Als jenes, das im blanken Schild
Der Allerheiligenbai sich spiegelt!
Die Wasserfläche glatt und grau,
Dunstig die Luft, des Himmels Blau
Von finstern Wolken dicht verriegelt.
Ein nordischer Novembertag,

Das Heer der Masten wie Wald im Winter,
Verschleiert halb im Nebel lag
Das Flachland mit der Stadt dahinter.
Kein grüner Hügel, kein Blüthenschmuck,
Kein Sonnenstrahl; ein dumpfer Druck
War über allem ausgebreitet
Und nirgendwo der Blick geweitet.
      Die Fracht zu löschen hatt' ein Wort
Edzards dem Bootsmann überlassen,
Er selber streifte fort und fort
Nun durch die volkbelebten Gassen
Der großen Stadt mit Spähersinn
Bald neben trüben Grachten hin
Mit ihren Brücken ohne Zahl,
Bald zwischen Giebeln, steinern kahl.
Er fragte höflich Alt und Jung
In Hoffnung, daß es sich verlohnte,
Ob ihnen in Erinnerung,
Wo hier Mevrouw van Straten wohnte.
Und endlich fand er seinen Mann;
Ein Seemann war's, das konnt' er spüren
An Gang und Tracht; der Alte sann
Und sprach: „Ich will Euch zu ihr führen.
Denn, Herr, ich kenne, die Ihr sucht,
Und sie kennt mich seit manchen Jahren,
Ich bin mit dem, der besser flucht,
Als betet, lange Zeit gefahren."
Sie gingen fürbaß nun selband;
Edzard begann das Herz zu schlagen;
Wie sollt' er, wenn er vor ihr stand,
Das, was geschehen war, ihr sagen?

„Hier ist es, Herr!" Ein Backsteinhaus
Mit einem hohen, spitzen Dache,
Da war's, da ging sie ein und aus,
Da wohnte still sie im Gemache.
„Hört, Mann — doch wie seid Ihr genannt?"
Sprach Edzard. „Freek, Herr, Euch zu dienen!"
Edzard betrachtet' ihn gespannt,
Als läs' er in des Alten Mienen,
Und sprach: „Ihr habt mich herbugsirt;
Freek, wollt Ihr Euch dazu bequemen,
So geht hinauf und visitirt,
Ob sie bereit, mich anzunehmen."

„Der Name, Herr?" — „Deß braucht es nicht,
Sagt nur, ein Freund aus alten Zeiten
Wär' endlich wieder mal in Sicht,
Um ihre Schwelle zu beschreiten."
Der Alte ging hinein ins Haus,
Edzard stand wartend wie auf Kohlen;
Der Alte wieder kam heraus:
„Klar Schiff! ich hab' Euch ihr empfohlen.
Halt, Herr! die Frau ist tugendhaft!
Ich bin ein altes Wrack geworden,
Doch hab' ich immer noch die Kraft
Und auch den Willen, den zu morden,
Der ihr zu nahe tritt, und hier
Treu wie ein Hund halt' ich die Wache,
Ein Ruf, ein leiser Wink von ihr,
Und oben bin ich auch zur Rache!"
Edzard ergriff des Alten Hand
Und drückte sie ihm fest und bieder:
„Ich dank' Euch! und daß ich Euch fand,

Ein Glück war's; — Freck, wir sehn uns wieder!"
Er klopfte leis an Ingborgs Thür,
Viel lauter klopft' es ihm hier innen,
Die Thür ging auf, sie trat herfür, —
Starr stand sie mit verwirrten Sinnen.
Er öffnete die Arme weit, —
„Ingborg!!" mehr wußt' er nicht zu sagen,
Sie sank hinein wie todbereit,
Er mußte halten sie und tragen.
Sie hing an ihm fast unbewußt,
Nicht fähig, nur ein Wort zu sprechen,
Als wollte hier an seiner Brust
Ihr Herz vor Glück und Wonne brechen.
Dann kam sie zu sich, sacht aufgericht't
Sah strahlend sie ihm ins Angesicht,
Und überströmend im heißen Umfangen
Rollten die Thränen ihr über die Wangen.
Er drückt und schmiegt mit Liebesgewalt
An sich die herrliche, hohe Gestalt.
„Ingeborg!" flüstert er auf sie ein,
Nun hab' ich Dich endlich, nun bist Du mein,
Nun darf ich Dir meine Liebe gestehen,
Wir brauchen nicht mehr von einander zu gehen."
Da läßt sie ihn aus umstrickender Haft
Und faltet die Hände mit brünstiger Kraft
Und preßt sie sich an den zuckenden Mund
Und schluchzt und jubelt aus Herzensgrund:
„Edzard! mein Edzard! ist es denn wahr?
Ich habe gewartet so manches Jahr,
Die Tage zu Wochen, zu Monden gedehnt,
Hab' ich nach Dir mich gebangt und gesehnt,

Ich liebte schon lange, schon immer nur Dich
Und hoffte und dachte, Du liebtest auch mich.
Du schiedest von mir und wandtest Dich fort
Und sprachest auch da nicht das einzige Wort,
Doch sahst Du mich an mit des Herzens Gelüst,
Als hättest Du mich mit den Augen geküßt."
Er faßt sie und jauchzt in Trunkenheit:
„Wir holen es nach, noch ist es ja Zeit;
Wir sind noch jung, und all dazu
Wie schön, Ingborg, wie schön bist Du!
Das ist das lockige, goldne Haar
An Stirn und Nacken, und dies, so klar,
Die lieben, blauen Augensterne,
Die mich begleiteten in die Ferne.
So gieb ihn denn her, den rosigen Mund,
Zum weltvergessenden, seligen Bund!"
Sie wehrt ihn ab, wird bleich, wird roth
In Herzenslust und Herzensnoth.
Dann legt sie die Hände vor's Angesicht,
Eh' sie mit bebender Lippe spricht:
„Ich fürchte mich vor dem ersten Kuß,
Weil ich dann immer Dich küssen muß;
Ist erst im Busen der Durst erwacht,
Wie willst Du ihn stillen? keine Macht
In Himmel und Erde hält uns zurück, —
Wir stürzen hinein ins sündige Glück."
Er aber, als folgt' er fremdem Gebot,
Ruft: „Du bist frei! van Straten ist todt!"
Es fuhr ihm heraus, er mußte nicht wie,
Aber ihm wankten und schwankten die Knie.
Als drehte sich alles ihr in der Runde,

Steht Ingeborg da bei dieser Kunde,
Betäubt wie von des Blitzes Strahl,
Wenn Donner erschüttert Berg und Thal.
Edzard zieht schnell hervor den Ring,
Der an der Schnur um den Hals ihm hing,
Und hält ihn ihr hin und zeigt ihr den Schein:
„Da, lies es selber! Du bist mein!
Hier steht's als Vollmacht und Verschreib:
‚Herrn Edzard Truelsen gehört mein Weib.‘
Darunter sein Name von fiebernder Hand,
Früd Buncken als Zeuge sich bei ihm befand.
Die Beiden waren beim Sterben allein,
Der Eine begrub des Andern Gebein.“

Ingborg, auf einen Stuhl gesunken,
Hält in der Hand van Stratens Schein,
Ihr vor den Augen schwirren Funken,
Zu mächtig stürmt es auf sie ein.
Frei war sie, wie erlöst von Lasten,
Von allem frei, was ihr gedroht,
Sie schimpflich wieder anzutasten,
Doch der Befreier war der Tod.
Er nahm ihr ab den wüsten Gatten, —
Darf's Freude sein, was sie belebt?
Ihr grauet noch vor seinem Schatten,
Daß er durch ihre Träume schwebt.
Und dennoch lag's wie Frühlingsmorgen,
Wie Sonnenaufgang vor ihr da,
Wenn sie, an Edzards Brust geborgen,
Der Zukunft jetzt entgegensah.
Die Stirn gesenkt, begann sie leise:

4*

„Ich mag nicht fragen, wie er starb,
Der mir verstört des Lebens Kreise
Und mir mein höchstes Glück verdarb,
Und wie er dazu kam zuletzt,
Daß er zum Erben Dich eingesetzt."
„Wozu auch? jetzt bist Du die Meine,"
Stimmt' Edzard der Geliebten zu;
Sie aber in des Herzens Reine
Sprach mit entsagungsvoller Ruh':
„Ich kann nicht weinen, kann nicht trauern,
Doch ist es meine Wittwenpflicht,
Ein stilles Jahr zu überdauern,
Eh' Dir mein Mund das Jawort spricht."
„Du hast nicht Grund zu Schmerz und Klage,"
Erwiedert' er, „bedenk' in Huld
Der langen Trennung Pein und Plage
Und des Verlangens Ungeduld!
Wir lassen fern von hier uns nieder,
Doch ohne Zaudern werde mein!
Und niemals kehren wir dann wieder
Hierher zurück, -- Ingborg, schlag' ein!"
Sie schüttelte das Haupt: „Die Sitte
Gebeut, daß Du geduldig bist;
Mach' mir das Herz mit Deiner Bitte
Nicht schwerer noch, als es schon ist!"
   „Ist Sitte stärker oder Liebe?
Und ist nicht heilig, was uns eint?
Wer fragt im großen Weltgetriebe,
Wo uns des Glückes Sonne scheint?"
   „Kein Pfarrer wird die Wittwe trauen,
Die eben erst den Mann verlor;

Laß erst das Eis des Winters thauen,
Dann blüh' auch unser Lenz empor."

„So laß den strengen Pfarrer warten,
Den frohen Liebsten aber nicht,
Der hofft und harrt, daß er im Garten
Die langbegehrte Rose bricht!"
Ihr schwoll das Herz, mit heißen Wangen
Sah zitternd sie zu ihm empor,
Er neigte sich zur Freudebangen
Und flüstert' ihr bewegt ins Ohr:
„Ingborg, wie willst Du das versagen,
Was sehnend Dich erfüllt und mich?
Glücklich zu sein, — laß es uns wagen!
Ingborg, Ingborg, ich liebe Dich!"
Auf sprang sie, rasch ihn zu umschlingen:
„So bin ich Dein mit Seel' und Leib,
Und Liebe soll um Liebe ringen,
Nimm hin Dein überselig Weib!"
In einem langen, langen Kusse,
Durchschauernd sie, durchglühend ihn,
Stehn sie in Liebesüberflusse
Und lassen Seel' in Seele ziehn.
Wie sie an seiner Schulter lehnte,
Geschloss'nen Auges, wie berauscht,
Daß der von Jugend auf Ersehnte
Dem Wehen ihres Athems lauscht,
Da fühlte sie sich tief erbeben
Vom Wirbel bis zur Zeh' hinab,
War's doch ihr erster Kuß im Leben,
Den liebend einem Mann sie gab.
„O Du mein Wunsch und mein Gedanke,"

Sprach sie, „der täglich mich beschlich!
Ich klammere gleich einer Ranke
Mit tausend Fasern mich an Dich.
Ich kann's nicht greifen. kann's nicht fassen,
Daß Du nun doch noch endlich mein;
Niemals, niemals von Dir zu lassen,
Das schwör' ich Dir ins Herz hinein!"
An seiner Brust fühlt er in Wonnen
Der Liebsten Busen süß und warm,
Er küßt und küßt sie, und umsponnen
Hält er sie fest in seinem Arm.
Nicht Worte haben mehr zu sagen
Die Zwei, die wie im Taumel stehn,
In Wogen, die zusammenschlagen,
Woll'n sie versinken und vergehn.
Ingborg, mit tief erregten Sinnen,
Erschrickt und spricht verschämt und zag:
„Mein Herzensmensch, o geh' von hinnen
Und — komme wieder jeden Tag!
Bis Du für uns ein Nest gefunden,
Ist Deine Heimat dieses Haus."
Damit hat sie sich ihm entwunden
Und drängt ihn schnell zur Thür hinaus.
Dann brach, als sie allein im Zimmer,
Es jubelnd aus der Seele Grund,
Bei feuchter Augen Glanz und Schimmer
Sang sie mit liederfrohem Mund:

Ich hab' gesehnt mich und gebangt
Nach Einem manches Jahr,
Nach ihm nur hat mich heiß verlangt

Im Stillen immerdar.
Ich sah ihn kommen, sah ihn scheiden,
Er merkte nichts von meinen Leiden,
Er ging und sprach kein Wort,
Mein Herz nahm er mit fort.

Die Hoffnung doch verließ mich nicht,
Hielt aus in Zeit und Raum
Und zeigte mir sein Angesicht
Im Wachen und im Traum.
Sie raunte in des Windes Wehen,
Sie rauschte in der Wogen Gehen:
Schließ in Dein Herz ihn ein,
Er wird, er wird noch Dein!

Er kam, und ach! ein rascher Blick,
Ein Fassen und Umfahn
Da waren sein und mein Geschick
In eines auch gethan.
Wie nun es hehlen, wie es tragen?
Der ganzen Welt möcht' ich es sagen:
Der, den ich lieb' allein,
Ist ewig, ewig mein!

Freek stand noch immer unten Wache,
Ob man ihn nicht noch brauchte hier.
„Nun? gut gehütet, alter Drache,
Habt Ihr den Schatz; das lob' ich mir!"
Lacht' Edzard, als er wiederkehrte,
„Jetzt kommt Ihr mit auf meine Bark!
Wer mich den Weg zu der da lehrte,

Ist Lohnes werth, und fein und stark
Hab' ich an Bord in der Kajüte,
Mir aus Bahia mitgebracht,
Madeira von besondrer Güte.
Den woll'n wir beide mit Bedacht
Aufs Wohl der lieben Frau dort oben,
Daß ihr noch Glück beschieden sei,
Anklingend Glas an Glas erproben;
Na, Freek, nicht wahr? Ihr seid dabei?"
Erst schwankte Freek, die Stirne runzelnd,
Mißtrauisch zwischen Ja und Nein,
Und — „Herr Kaptän," sprach er dann schmunzelnd,
„Soll mir 'ne große Ehre sein!

V.

Ingeborg.

Zu mancher armen Seemannsfrau,
    In manche niedre Fischerhütte
    Tritt zögernd, mit gefurchter Brau,
Wie er aus schwerem Herzen schütte
Die Trauerkunde, die er bringt,
Ein Heimgekehrter, dreht verlegen
Den Hut in Händen, druckst und ringt
Nach Worten, ohne sich zu regen,
Und platzt dann endlich plump heraus:
„Eu'r Mann, der Jan, — der kommt nicht wieder;
Wir scheiterten in Nacht und Graus,
Da riß ihn eine Sturzsee nieder."
So tritt ins Schifferhaus der Tod
Und schneidet ab das Wiedersehen,
Daß Weib und Kinder ohne Brod,
Trostlos verlassen, elend stehen.
Sie hätten, wenn er leben blieb,
Der Jan, sich ehrlich durchgeschlagen,
Sie hatten sich so lieb, so lieb, —
Herr Gott im Himmel! wie es tragen?
Er liegt im Meer; kein Kreuz, kein Stein,

In Leid den Schritt dahin zu lenken,
Sein dauernd Grabmal ist allein
Der Liebe schmerzliches Gedenken.

Nicht so war's in van Stratens Haus,
Da saß kein trauernd Weib am Heerde
Und weinte sich die Augen aus,
Verzweifelnd, was nun aus ihr werde.
Die dort sich Wittwe däuchte, fand
Sich trauter Hoffnung hingegeben,
Empfing doch aus des Todes Hand
Sie als Geschenk ein neues Leben.
Nur Edzard wußte, daß wie Schaum
Das Glück war, das sie mit ihm wagte,
Und einst dem kurzen Blüthentraum
Ein schreckliches Erwachen tagte.
Allein gesprochen war und blieb
Das freche Wort vom Tod des Gatten,
Und was in Wuth ein Spieler schrieb,
Hieß Botschaft eines Sterbensmatten.
Nicht vorbereitet und bedacht
Hatt' Edzard seine rasche Lüge,
Vielmehr gehofft, daß Liebesmacht
Von selbst sich seinen Wünschen füge
Und Ingborg in der Sehnsucht Drang
Die aufgezwungnen Fesseln breche,
Wenn er mit vollem Herzensklang
Das Stichwort: „sei mein eigen!" spreche.
Nun vom Vergehn verbotner Huld
Blieb rein und keusch zwar ihr Gewissen,
Seins aber war befleckt mit Schuld,

Von Leidenschaft hineingerissen.
Gewollt hatt' er es nicht, bereu'n
Konnt' er es aber jetzt mit Nichten,
Sie hätte sich in festen Treu'n
Vielleicht erinnert ihrer Pflichten
Und sich nicht anders ihm geweiht,
Als wenn sie selbst sich Wittwe schätzte,
Von jeder Rücksicht nun befreit,
Die ihrem Handeln Schranken setzte.
Und thät' sie's doch, in Liebe groß,
Sollt' er auch ihr die Freude stören
Durch das Bewußtsein, daß sie bloß
Drei Jahre durft' ihm angehören?
Denn was ihm deutlich heute schon
Vor Augen stand mit allen Schrecken,
Das war der schweren Stunde Drohn
Wenn sie die Wahrheit würd' entdecken,
Daß er im Spiele sie gewann
Gleich einem schönen Beutestücke,
Daß annoch lebt' ihr rechter Mann,
Der sie ihm lieh zu kurzem Glücke.
Dann mußt' er ihr den falschen Zug
Gestehen, wenn die Frist verstrichen:
„Ich habe nur mit Lug und Trug
Mir Deine Liebesgunst erschlichen.
Du denkst, Du bist mein ehrlich Weib, —
Ach! unsre Liebe kann nicht enden,
Dein Herz ist mein, — Dein süßer Leib
War nur auf Borg in meinen Händen."
Und dann — dann mußt' unweigerlich,
Wenn auch mit größtem Widerstreben

Er die Geliebte fort von sich
Und jenem Andern wiedergeben,
Der todtgeglaubt von ihr, nun doch
Dem Grab entstieg, sie kränkt' und plagte
Und wie ein Vampyr lange noch
Am Lebensmark ihr sog und nagte.

All dies im Haupte wälzend saß,
Als Freek ihn kaum verlassen hatte,
Edzard allein vorm leeren Glas,
Sich stützend auf des Tisches Platte.
Da war es ihm, als ob er fern
Am Himmel einen Stern erschaute,
Allein es war kein guter Stern,
Auf den er seine Hoffnung baute.
Van Straten war auf weiter Fahrt
Und ging, zuwider aller Regel,
In seiner argen Sinnesart
An einem Freitag unter Segel.
Edzard fuhr ab den Tag darauf
Und hatte Früb nicht mehr gesehen;
Was aber, je nach Schicksals Lauf,
Konnt' in drei Jahren nicht geschehen?
Unsicher ist des Seemanns Loos,
Gefahren drohen stets dem Schiffe,
Es lauern in der Fluthen Schoß
Untiefen, Bänke, Felsenriffe.
Weit draußen auf dem Ozean
Erhebt der Sturm die Wasserberge,
Da tobt und wüthet der Orkan,
Und hilflos wird der Mensch zum Zwerge

Vor des Naturreichs Riesenmacht,
Die ihn umwettert, wild erhaben;
Es stürzt der Mast, der Kiel zerkracht,
Und von den Wellen wird begraben
Das stolze Schiff. — Van Straten ist
Auch sterblich, der, wo Andre knieten,
In seinem Trotze sich vermißt,
Der Gotteskraft die Stirn zu bieten.
Wie, wenn nun aus der Sonne Licht
Der alles Wagende verschwände
Und Edzard den Verhaßten nicht
Am Cap der guten Hoffnung fände? . . .
Mord in Gedanken war der Traum,
Zum Wunsche ward die Todeslüge, —
Edzard sprang auf im engen Raum,
Als ob er schon das Brandmal trüge.

Still, in Zurückgezogenheit
Saß Ingeborg daheim und füllte
Die Stunden ihrer Einsamkeit
Mit Plänen, die sie sich enthüllte,
Wie Frühling aus den Knospen schält
Die duftigen, die bunten Blüthen
In Wald und Flur, die ungezählt
Sein Wunderthun hat auszubrüten.
Sie warf beschämt sich selber vor,
Daß sie so fröhlich war im Herzen,
Als säh sie wie ein Kind empor
Zum Weihnachtsbaum im Glanz der Kerzen.
Zwar wenn sie, ohne tiefes Leid,
Des eisenfesten Mannes dachte,

Der sie, die arme Fischermaid,
Zur Frau des großen Seglers machte,
Deß Name weit und breit bekannt,
So wurde doch sie wider Willen
Von einer Schwermuth übermannt,
Mit der sie ihn beklagt' im Stillen.
Sie dankte Manches seiner Hand,
Er hatte sie empor gehoben
Zu einem ehrenvollen Stand
Und sie mit äußerm Glanz umwoben.
Er sorgte für Gelegenheit,
Daß bildend sich ihr Geist entfalte
Und sie an Kenntniß mit der Zeit
Ihm ebenbürtig walt' und schalte.
Und hochbegabt, wie sie nun war,
Und dazu willig, lernbegierig,
Begriff sie alles rasch und klar,
Und nichts schien ihrer Fassung schwierig.
Sie hätt' es ihm so gern gelohnt,
Was er für sie gethan im Leben,
Hätt' er sie damit nur verschont,
Auch ihre Liebe zu erstreben.
Sie war an ihn — Gott sei's geklagt!
Verkauft, doch hatt' er selbst geworben
Um sie und ehrlich ihr gesagt,
Er wäre ruchlos und verdorben;
Sie könnt' ihn retten, sie allein,
Wenn sie zum Gatten ihn erkiese
Und ihn aus seinen Teufelei'n
Den Weg zu Zucht und Sitte wiese.
Das Mitleid überfiel sie nun

Mit des Zerknirschten Schuld und Fehle,
Sie dacht' ein gutes Werk zu thun
An ihm und seiner sünd'gen Seele.
Edzard war fern, sie wußte nicht,
Würd' er sie je zum Weib begehren;
Da schien's ihr Samariterpflicht,
Van Stratens Wildheit zu bekehren.
Sie hatt' es standhaft auch versucht,
Und eine Zeit blieb er behütet,
Dann hatt' er wieder losgeflucht,
Gespielt, gelästert und gewüthet.
Statt Liebe packt' erst Furcht sie an
Und dann ein Abscheu, so mit Steigern,
Daß sie die Festigkeit gewann,
Gunst und Gehorsam ihm zu weigern.
Noch sah sie vor sich die Gestalt,
Die ihr so manchmal Grau'n erweckte,
Und seiner Augen Blickgewalt,
Die sie mit ihrem Drohn erschreckte.
Noch hörte sie der Stimme Klang,
Die immer nur befehlend tönte,
Den Schritt, der hart auf Trepp' und Gang
Beim Kommen ihres Zwingherrn dröhnte.
Und doch — er war ein ganzer Mann,
Ein Fürst und Held in seiner Weise,
Um sein gebietrisch Wesen spann
Ein eigner Zauber seine Kreise.
Nun war er hin, die eh'rne Kraft,
Die unbesiegbar war im Leben,
Vom Tode jäh dahingerafft,
Verweht des kühnen Geistes Weben.

Und statt des finsteren Gesell'n,
Des spurlos in das Nichts zerstiebten,
Trat, Jngborgs Dasein zu erhell'n,
Die Lichtgestalt des Heißgeliebten
Vor sie, umstrahlt von einem Glanz,
Wie Sonnen ihn im All vergeuden,
Und wie mit einem Blumenkranz
Von Hoffnungen geschmückt und Freuden.
Ihr blaut' aus seines Auges Grund
Ein ganzer Himmel schon entgegen,
Ihr sprach und lächelte sein Mund
Des Herzens stärksten Liebessegen.
Von Kopf zu Fuß sein herrlich Bild
Ach! war ihr eine Augenweide,
Frohmuthig, freundlich, stark und mild,
Leibhaftig Glück nach langem Leide.
Sie fühlt' in seiner Arme Macht
Geborgen sich und süß gebettet
Und wie nach sturmdurchtobter Nacht
In ankersichre Bucht gerettet.
Er kam ihr gestern unverhofft
Und überraschend, aber heute
Ward sie — wie einst so oft, so oft!
Des fieberheißen Wartens Beute.

Komm, o komm, Du einzig Einer,
Komm und nimm mich hin,
Daß von Stund an ich, Du Meiner,
Ganz Dein eigen bin!
Hast mich lange warten lassen
Auf den ersten Kuß,

Brauchtest, meine Hand zu fassen,
Lange zum Entschluß.

Doch nun ist gestillt das Sehnen,
Das ich schweigend trug,
Mich an Deine Brust zu lehnen,
Wenn das Herz mir schlug.
Laß mich ruhen hier und rasten,
Selig mir bewußt:
Mir auch nach des Daseins Lasten
Blüht des Lebens Lust.

Nie, Geliebter, nie vertreibe
Mich von diesem Ort,
Und, solang ich athme, bleibe
Du mein Halt und Hort.
Dich nur trag' ich in Gedanken,
Bis das Herz mir bricht,
Dir gehör' ich ohne Schranken,
O verlaß mich nicht!

Sie schmückt ihr Heim, soviel sie kann,
Wohl zu empfangen den liebsten Mann.
Ein guter Trunk erwartet ihn,
Ein Feuer flackert im Kamin,
Und auf dem Blumentisch da hinten
Duften vielglockige Hyazinthen.
Wann wird er kommen? sie steht und lauscht,
Huscht hierhin und dorthin und vertauscht
Oft einen Platz mit einem andern;
Schnellfüßig ihre Gedanken wandern

Auf seinem Wege dem Hafen zu
Die Gassen entlang ohne Rast und Ruh.
Hinter dem Fenstervorhang versteckt,
Späht sie, ob sie ihn nicht entdeckt,
Oder ob Freck nicht Botschaft bringt,
Und wenn am Haus die Thüre klingt,
Fährt sie zusammen vom Scheitel zum Spann
Und hält aufhorchend den Athem an.
Dann sitzt sie wieder und stützt das Haupt:
„Der alle meine Ruh mir raubt,
Er will nicht warten das Wittwenjahr,
Er will mit mir an den Altar,
Und fordert man Aufschub als Beding,
So will er mich ohne den Fingerring.
Und darf ich ihm nicht fest vertrau'n?
Mein Schicksal auf sein Wort nicht bau'n?
Wozu der Aufschub? wozu noch einmal
Die Trennung, als zu Schmerz und Qual?
Zu scheiden und immer wieder zu scheiden
Vom Liebsten auf Erden, sich sehnend zu meiden,
Bis die paar Jugendjahre dahin, —
Ich kann's nicht, ich will's nicht!" In heftigem Sinn
Bäumt sie sich auf, ihr Auge blitzt,
Sie krampft die Faust, wie sie da sitzt
In liebesgewaltiger Leidenschaft
So trotzig schön und heldenhaft.
Hätt' Edzard sie so gesehen, — trunken
Wär' er aufs Knie vor ihr gesunken,
Und hätt' er die Worte gar aufgefangen,
Es wär' ihm durch Mark und Bein gegangen.
Ihr Busen hebt sich, träumerisch leis

Raunt sie: „Was ich von Liebe weiß
Und ihrem Glück, das ich nie gekannt,
Ist Eins nur, das mich löst und bannt:
Ganz aufgehn in des Andern Wesen,
Ihm jeden Wunsch von den Augen lesen
Und denken, wenn sein Wille geschieht:
Was thäte wahre Liebe nicht?!"
Da streift ihr Blick von ungefähr
Den Spiegel überm Tische quer;
Schnell vor sich selber wird sie roth
Und lächelt doch: „Zum Aufgebot
Des Herzens mit dem Herzen braucht
Es keines Ja, die Seele haucht
Tief in die andere hinein
Wortlos und wunschlos: ich bin Dein!"

Da ist er! und im Sturme fliegt
Sie ihm entgegen und drängt und schmiegt
Sich zitternd an ihn, der sie umfängt,
Daß sie in seinen Armen hängt.
Blauauge blickt in Blauaug' hinein,
Blond kräuselt mit Blond sich leis und fein,
Und Lippe lang auf Lippe ruht,
Löschend und wieder entfachend die Gluth,
Die ihnen Sinn und Verstand benommen,
Bis daß sie endlich zu Athem kommen,
   „Hast Du gewartet schon lange Zeit?"
   „Ach, eine halbe Ewigkeit!"
   „Sagst Du nun wieder zu mir: geh fort!?"
Sie drückt ihn an sich, sie sagt kein Wort.
Er bleibt und bleibt; der Tag verrinnt,

Der an dem Glück der Liebenden spinnt.
Die Dämmrung fällt, der Abend sinkt,
Doch Ingborgs Auge schimmert und blinkt
Gleich einem Stern in dunkler Nacht.
Es wirkt und knüpft der Liebe Macht
Aus Unschuld und aus Sehnen und Bangen,
Aus Leidenschaft und heißem Verlangen
Ihr heimlich Netz, das beid' umstrickt,
Und als dann Edzard, nicht weggeschickt,
Heimging zu seines Schiffes Borden,
War Ingeborg sein Weib geworden.

VI.

In der kleinsten Hütte.

—

Noch eh' des grimmen Winters Härte
Der Schifffahrt nahm Verdienst und Lohn
Und starres Eis die Häfen sperrte,
War Ingeborg mit Edzard schon
Weit weg von Amsterdam gezogen
Nach einem einsam stillen Land,
Allwo der Nordsee graue Wogen
Benagten Dünenhang und Strand.
Das Eiland Sylt war's; dahin lenkte
Niemals ein Segler seinen Kiel,
Nie war das halb ins Meer Versenkte
Noch eines Fremden Reiseziel.
Der Seehund und der Tümmler hatten
Das Wasser und der Wind den Sand,
Die Luft die Möv' in Pacht, die Watten
Umspülten braunes Heideland.
Bescheiden und zufrieden hauste
Ein spärlich Völkchen dort, nur bang,
Wenn wild der Sturm aus Westen brauste,
Ob nicht noch mehr die Fluth verschlang.
Hier lebten von den Alltagsorgen

Ingborg und Edzard frank und frei,
Vor jedem Späherblick geborgen,
Denn Niemand suchte hier die Zwei.
Und was sie ganz besonders freute, —
Heimatlich war, was sie umschlang,
Denn friesisch waren Land und Leute,
Friesisch der Sprache trauter Klang.

In Rantum war's, kein Dorf zu nennen,
Ein paar Gehöfte nur am Moor
Und, um sie von der See zu trennen,
Die hohen Dünen dicht davor.
Da war es, wo sie Obdach fanden
Und dank des Zufalls Schick und Gunst
Ein kleines Haus für sich erstanden,
Schlicht, ohne Prunk und ohne Kunst.
Aus braunem Backstein aufgemauert,
Gedeckt mit dickem Binsendach,
Hatt' es Jahrzehnte überdauert
In jedes Wetters Ungemach.
Klein waren auch die Fensterlücken,
Die Eingangsthür so niedrig gar,
Daß sich beinahe mußte bücken
Das schöne, große Menschenpaar.
Doch war's behaglich, blank und sauber
In seinen Wänden, schmuck und frisch,
Des Glückes und der Liebe Zauber
Saß in dem Nest als Wirth am Tisch.

Kaum waren sie mit Ingborgs Habe,
Soviel sie davon mit sich nahm,
Hier eingezogen, als im Trabe

Vom Festland her der Winter kam.
Die Flocken wirbelten und tanzten,
Das seichte Wattenmeer gefror,
Schneeweiß und immer höher schanzten
Die Dünen ihren Wall empor.

Das Friesenhäuschen auf der Heide,
Wohl ausgerüstet und versehn,
Stand nun in seinem Winterkleide,
So still, als wollt' es schlafen gehn.

Das Dach beschneit, die Thür verriegelt,
Die Fensterscheiben übereist,
Von außen öde, wie versiegelt
Und auch der Weg verweht, vergleist.

Wenn nicht aus seinem Schornstein stiege
Aufkräuselnd leichter, blauer Rauch,
Man glaubte, daß es leblig liege
Ohne lebend'gen Wesens Hauch.

Und Abends blinkt' ein trauter Schimmer,
Der Lampe röthlich heller Schein,
Sanft durch die Fenster aus dem Zimmer
Gleichwie des Hauses Aeugelein.

Da brachten sie die kurzen Tage,
Die langen Nächte hin in Ruh,
Und schlossen gegen Pein und Plage
Die Thüre fest von innen zu.

Doch bald auch mit den Nachbarn knüpften
Sie Umgang an, zu denen oft
Sie Abends nun hinüberschlüpften
Und umgekehrt, und wie gehofft,
Entspann zum Trost für beide Theile
Sich wahre Freundschaft und vertrieb

Des harten Winters Langeweile
Gesellig, wie es Allen lieb.
Der Männer Unterhaltung wählte
Zum Stoff des Schiffers Wohl und Weh,
Und Edzard namentlich erzählte
Von Abenteuern über See.
Die Frauen sprachen dann des Weiten
Sich über ihre Sorgen aus,
Die kleine Wirthschaft recht zu leiten,
Und über Freud und Leid im Haus.
Sie hatten Ingborg lieb gewonnen,
Sahn hier sie unter gutem Stern
In ihrem jungen Glück sich sonnen
Und gönnten's ihr von Herzen gern.
Genoß sie doch in ihrem Leben
Der Liebe Lust zum ersten Mal,
Beseligt, sich ihr hinzugeben
Nach trüber Jahre Druck und Qual.
Sie mußte manchmal sich besinnen,
Ob's Traum war oder Wirklichkeit,
Und wußte nichts dann zu beginnen
In ihres Herzens Trunkenheit,
Als Edzard an die Brust zu sinken
Mit einem stummen Gott vergelt!
Und seines Mundes Hauch zu trinken,
Sich selbst vergessend und die Welt.

Du schaust mich an mit Blicken,
Die mir zu Herzen gehn,
Dein Lächeln und Dein Nicken,
Ich kann es wohl verstehn.

Du hast Dich mir ergeben,
Du willst mit Leib und Leben
Mein einzig Eigen sein,
Und ich bin Dein.

Was mir die Seele füllet
Mit Jubel grenzenlos,
Kein Wort es Dir enthüllet,
Das Glück ist gar zu groß.
Es steht einmal geschrieben:
Ich muß Dich lieben, lieben
Bis in den Tod hinein,
Und Du bist mein.

O Du! wir wissen's beide,
Was wir einander sind
In Lust und auch in Leide,
In Wetter und in Wind.
Wer will's dem Andern sagen?
Ist alles, was wir tragen
Tief in des Herzens Schrein,
Nicht Dein und mein?

Neumond und Vollmond ging vorüber
In stetem Wechsel ab und zu,
Bald klar und hell und bald auch trüber
In Wolkenflug und Himmelsruh.
Und endlich sandte seine Boten
Der Frühling vor von Haus zu Haus,
Und mit erschütternd starken Noten
Posaunten sie sein Nahen aus.

Er selbst ließ lang noch auf sich warten,
Und als er kam, geschah es nicht,
Als trät' er nun in einen Garten,
Wo schon sein Blick die Knospen bricht.
Er kam mit andern, schwerern Waffen
Dahergefahren übers Meer,
Denn härter macht' ihm hier zu schaffen
Des Winters schroffe Gegenwehr.
Im Sturme kam er angeschossen,
In Gischt und Schaum, mit Donnerklang,
Und auf Poseidons weißen Rossen
Ritt er zu Land im Wogendrang.
Ingborg und Edzard hörten's sausen,
Wie's heulend durch die Heide strich,
Und auch der Brandung Brüll'n und Brausen
Jenseits der Dünen, fürchterlich.
Und als nach wild durchkämpften Wochen
Die große Schlacht geschlagen war,
Des Winters Zwinggewalt gebrochen,
Und Heerschau hielt des Siegers Schaar,
Da kamen auch die Menschen wieder
Hervor aus ihrer Siedelei
Und lauschten auf der Lerche Lieder
Und auf der Möve hellen Schrei.
Bald fingen an geschützten Stellen
Auch Blumen schüchtern an zu blühn,
Und in des gelben Sandes Wellen
Wuchs Dünenhafer, bläulich-grün.

Edzard und Ingborg, allerwegen
Bekannter werdend schon im Land,

Sahn, daß sich ihnen auch entgegen
Und freundlich streckte manche Hand.
Die junge Frau, so auserlesen
An Schönheit, riß die Herzen hin,
Und Edzards mannhaft festes Wesen
Gefiel der Männer ernstem Sinn.
Sie machten Kenntniß und Erfahrung
Des Seemanns redlich sich zu Nutz
Und lauschten seiner Offenbarung
Für ihres Eilands Schirm und Schutz.
Und als die Zeit der Wahl gekommen,
Verliehen sie ihm allesammt,
Wie sie sich längst schon vorgenommen,
Des Strandvogts wichtig Ehrenamt.
Er übernahm es ehrlich dankend
Und führt' es, trauend seiner Kraft
Und nie in Pflichterfüllung wankend,
Fürsorglich und gewissenhaft.
Da nun geschah's, daß eines Tages
Ingborg im mahnenden Gefühl
Und Drängen ihres Herzensschlages
Beim Morgenroth, noch auf dem Pfühl
Zu Edzard sagte: „Liebster, wollen,
Da wir kein Hinderniß mehr sehn,
Wir endlich nicht den weihevollen,
Sittsamen Weg zur Kirche gehn
Nach Keitum, am Altar die Ringe
Zu wechseln dort als Frau und Mann,
Daß wenn ich Dich, wie jetzt, umschlinge,
Ich's ohne zu erröthen kann?"
Edzard erschrak, obwohl er lange

Die Frage hatte kommen sehn;
Er durfte ja zu diesem Gange
Sich nun und nimmermehr verstehn.
Van Straten lebte noch, das wußte
Nur er, verlegen fast um Rath,
Als er nun auf sich nehmen mußte,
Was aufwuchs aus der Lüge Saat.
„Es ist zu spät zu diesem Schritte,"
Erwiedert' er und zog die Brau,
„Wir sind in der Bevölkrung Mitte
Längst angesehn als Mann und Frau,
Und Anstoß würd' es nur erregen
Hier auf der Insel, würd' es kund,
Daß wir erst jetzt der Kirche Segen
Verlangt für unsern Herzensbund."

„Mit Unrecht trag' ich Deinen Namen,
Du glaubst es nicht, wie mich das brennt,
Seitdem wir auf die Insel kamen,
Wo man mich nur Frau Truelsen nennt."
„So laß sie, Liebste, bei dem Glauben,
Du hießest so mit allem Fug;
Nichts kann Dir Ehr' und Achtung rauben,
Und das sei Dir und mir genug."

„Könnt' es ganz heimlich nicht geschehen,
Daß es der Pfarrer nur erführ'?
Wie glücklich würd' ich mit Dir gehen
Den Heimweg von der Kirchenthür!"
„Unmöglich, Liebste! nicht zu stillen
Ist Dein Begehr, ergieb Dich drein!
Zumeist um Deiner Ehre willen
Muß unser Bund Geheimniß sein."

„Die erste Bitte, die ich wage,
Edzard! und die verweist Du mir!
Wie schwer ich an dem Makel trage,
Nicht mehr verhehlen kann ich's Dir."
Er schwieg, so laut das Herz ihm klopfte,
Und hielt sie fester noch im Arm,
Aus ihren Augen aber tropfte
Auf seine Hand es feucht und warm.

So blieb's dabei, und niemals wieder
Erwähnte sie's mit einem Wort,
Wie mit sanft fächelndem Gefieder
Scheucht' ihr das Glück die Sorgen fort.
Edzard trug Ingeborg auf Händen,
Sie aber schuf für ihn und sich
In ihren traulichen vier Wänden
Ein frohes Tischleindeckedich,
So friedumhegt, so frühlingssonnig,
Als wirkt' an diesem rauhen Strand
Ein Märchenzauber, liebeswonnig,
Der nur für diese Zwei bestand.
Wie unter einem Dach sie schliefen,
So tranken sie aus einem Glas,
Was in des Einen Herzenstiefen
Sich heimlich regte, rieth und las
Der Andre ohne lang Betrachten
So gut, als hätt' er scharf gefragt,
Sie sahn sich schelmisch an und lachten
Und wußten alles ungesagt.
Wenn er, um seines Amts zu walten,
Oft lange fern von Hause blieb,

War auch für sie daheim kein Halten,
Daß sie's im Frei'n zu singen trieb.

Einsame Stunden, ihr schleichet so träge,
Daß ich des Herzens verlangende Schläge
Nimmer im Busen mehr bändigen kann
Nach dem geliebten, dem trautesten Mann.
Schafft mir den Einen,
Rasche Minuten,
Bringet ihn meinen
Sehnenden Gluthen!
Nicht ohn' ihn mehr weiß ich zu leben,
Seele und Seligkeit will ich ihm geben.

Seh' ich ihn schreiten, hör' ich ihn kommen,
Sind mir vor Freuden die Sinne benommen;
Blickt er mich an und winkt er mir zu,
Ist es geschehen um Fassung und Ruh.
Schnell ihm entgegen
Muß ich dann springen,
Herzen und hegen,
Heiß ihn umschlingen;
Hab' ihm so Vieles und Liebes zu sagen,
Muß doch im Glücke verstummen und zagen.

Dann um mich her hab' ich alles vergessen,
Kann nur noch Eines im Herzen ermessen:
Daß ich ihn liebe, daß er mich auch liebt,
Wie es auf Erden kein Lieben mehr giebt.
Heilige Treue
Fest zu bewahren,

Immer aufs Neue
Sie zu erfahren,
Besser, als Wort und Gelübde verstände,
Sagen wir's uns mit dem Drucke der Hände.

Edzard sprach einst: „Du liebevolle,
Du immer heitre Herzensfrau,
Ist Dir der Schiffer auf der Scholle
Nicht oft zu bärenhaft und rauh?"
Mit einem Blick, so süß und innig,
Sah lächelnd sie zu ihm empor,
Umarmte zärtlich ihn, und minnig
Sprach sie erröthend ihm ins Ohr:
„Mein Edzard! bin ich nicht Dein eigen
Mit dem, was an und in mir ist?
Und soll ich Dir nicht liebend zeigen,
Daß Du mein Mann und Meister bist?
Du sollst nur meine Sonnenseite
Und niemals auch die Schatten sehn,
Mit denen ich geheim oft streite,
Und die vor Dir in Nichts zergehn.
Du mußt mich nun einmal im Leben
Ertragen, wie ich eben bin,
Hab' ich Dir sonst auch nichts zu geben,
Als nur mein Selbst, doch das nimm hin!
Für Dich nur leb' ich, Dir gehör' ich,
Was Dich erfreut, das freut auch mich,
Und immer, immer wieder schwör' ich:
Nicht athmen mag ich ohne Dich!"
„O Du mit Deinem Goldgemüthe,"
Rief er in hellen Freuden aus,

„Mit Deiner Huld und Herzensgüte,
Mein Pudelköpfchen, blond und kraus!
Ich möchte Dich nicht anders haben,
Als wie Du bist, so frohgemuth,
Mit Deines Geistes reichen Gaben,
Mit Deiner Liebe tiefer Gluth."
Und selig hielt er sie umfangen,
Jedoch behutsam und gemach,
Und die gesprochnen Worte klangen
In ihrem Liede fröhlich nach.

Was ist Liebesglück? o sage,
Sag' es, wenn Du's weißt!
Was ist's, das mit gleichem Schlage
Herz zu Herzen reißt?

Ist es Blick in Blicke tauchen
Bis zum tiefsten Grund?
Ist es Flüsterworte hauchen
Froh von Mund zu Mund?

Ist es Kuß um Küsse tauschen?
Ist's mit Aug' und Ohr
Jeder leisen Regung lauschen,
Die sich ringt empor?

Ist es alle Sehnsucht stillen,
Die durch Träume schwebt?
Ist's erfüllen Wunsch und Willen,
Der das Herz durchbebt?

Ach, aus tausend süßen Bronnen,
Rieselnd Tag und Nacht,
Strömt der Quell der Liebeswonnen,
Der uns trunken macht.

Doch das wahre Glück, das echte,
Eines ist es nur,
Anders war es nicht das rechte,
Das uns widerfuhr.

Wissen, daß zu allen Zeiten
Eins des Andern denkt
Und für alle Ewigkeiten
Sich ihm hat geschenkt.

Angehören sich in Treuen,
Ruhig sich zu Zwei'n
Sicheren Besitzes freuen,
Das ist Glück allein.

Sie hatten drüben sich am Strande
Ein lauschig Plätzchen ausgewählt,
Da hatt' er ihr im Dünensande
Von seinen Fahrten oft erzählt.
Da saßen manche Stunde beide
Und blickten auf das Meer hinaus
Bis zu des Horizontes Scheide
Und horchten auf der Wogen Braus.
Und so auch eines Abends wieder;
Die See war mäßig nur belebt,
Die Sonne neigte schon sich nieder,

Von wechselndem Gewölk umschwebt.
Bald stand sie feurig da, bald tauchte
Sie unter in verhüllten Raum,
Durchblitzend nur, und bald umhauchte
Gleich wie mit einem Flammensaum
Sie das Gewölk; hochmächtig schossen
Dann ihre Strahlen draus hervor
Gleich ausgespreizten Fächersprossen,
Bis sich's im Aetherduft verlor.
Beim Wellenbiegen gab's ein Schimmern,
Durchsichtig hell smaragdengrün,
Und dann beim Uebersturz ein Flimmern
Und goldig glitzernd Funkensprühn.
Purpurn in immer tiefern Gluthen
Stieg jetzt hinab der Sonnenball, —
Jetzt halb versenkt schon in die Fluthen —
Und jetzt verschwunden überall.
Sie hatten schweigend dagesessen
Und in dem linden Abendwehn
Wie traumverloren und vergessen
Dem großen Schauspiel zugesehn,
Als Ingborg, schmerzlich hingerissen,
Ausrief: „Versunken und verglüht!
Und nun zu denken und zu wissen,
Daß einmal Alles so verblüht!
Ich trüg' es, wenn auf immer schwände
Die Sonne meinem Angesicht,
Doch unsrer Liebe letztes Ende,
Das, Edzard, überleb' ich nicht.
Ging' unser Glück einmal in Scherben,
Und nähmst Du Deine Liebe mir,

So gäb's für mich nur Eines, — sterben,
Denn leben will ich nur mit Dir!"
Edzard, ins Herz getroffen, wollte
Sein Weib umfahn in Schmerz und Hast,
Daß sie nicht sehn und merken sollte,
Wie furchtbar ihn ihr Wort erfaßt.
Sie merkt' es aber an dem Beben
Der Stimme und an dem Gewicht,
Mit dem er sprach: „Ingborg, wir leben
Zusammen oder leben nicht!"
Sie schaut' ihn an und lag dann lange
Getrost und still an ihn geschmiegt,
Vom leise rauschenden Gesange
Der Wellen wie in Schlaf gewiegt.
Die ausgestreuten Wolkenrosen
Am Himmelszelt verblaßten sacht,
Und auf dem Meer, dem uferlosen,
Ward's dunkel, und es kam die Nacht.

VII.

Heiko.

— —

Auf Sylt, in der Heide, in Schlick und Moor,
Am Strand, in den Dünen, in Schilf und Rohr
Hausten unzählige Vogelschaaren,
Merkwürdig und eigen in ihrem Gebahren
Beim Fliegen, beim Flattern, beim Laufen und Stehn,
Beim Nisten und nach der Nahrung Gehn.
Da brüteten Möven jeglicher Art,
Seeschwalben schwirrten, schlank und zart,
Wild-Enten strichen in langem Zug,
Der Kibitz schwang sich im Zickzackflug,
Strandläufer liefen im Haschen und Flieh'n,
Die Regenpfeifer saßen und schrie'n,
Die Austernfischer auf einem Bein
Standen und stierten ins Wasser hinein,
Und über der Heide gleich einer Wolke
Schwebte Gewimmel vom Staarenvolke.
Manchmal auch kam mit lieblicher Last
Bei Nacht und Nebel ein hoher Gast
Vom Festland herüber aus seinem Nest
Mit breiten Schwingen geflogen gen West.
Rothbeinig war er, und klappern that er,

War jungen Frauen ein Freund und Berather,
Und wenn er dagewesen war,
Dankt' ihm ein glückliches Ehepaar.
So in den ersten Septembertagen
Kam wieder einmal wie herverschlagen
Der liebe, kluge Klapperstorch,
Stand auf dem Dach von Ingeborg
Und hatte — Gott weiß woher! — bei Nacht
Ein rosiges Knäblein ihr gebracht.
Wie sie das hielt auf ihrem Schoß,
Da war im Haus die Freude groß,
War's selbstverständlich und wie gebührlich
Der ganze Vater doch natürlich.
Die Augen, ja! — die blonde Mähne,
Der Bart und die gesunden Zähne,
Die freilich fehlten noch, allein
Sie stellten sich schon mit den Jahren ein,
Wenn erst der Jung' in den Marsen saß
Und Topp und Takelung enternd maß.

Ingborg, als ob das Herz ihr springe,
War selig; von Edzards Lieb' ein Pfand,
Das däuchte sie ein viel stärkeres Band,
Als goldgeschmiedete Eheringe.
Hatte den Knaben sie an der Brust
Und ließ am ergiebigen Born ihn saugen,
So blickte sie, strahlend von Mutterlust,
Zu Edzard empor mit leuchtenden Augen.
Lag schlummernd das Kind in Kissen und Bändchen,
So winkte sie ihm, wie prall und gepaust
Die rothen Bäckchen, wie zierlich die Händchen,

Und wies auf seine gewaltige Faust.
Manchmal auch gab sie's ihm zu halten
Und lachte dann seiner Verlegenheit,
Als sorglicher Vater damit zu schalten,
Daß ihm nicht zerbrach die Kleinigkeit.
Ihr war's, als ob aus seinen Augen
Ein ängstlich flehender Blick sie traf,
Zum Wärter schien er nicht zu taugen;
Dann nahm sie's ihm und sang's in Schlaf.

Schlummre nun ein, du liebliches Kind,
Ruhest so sicher nicht wieder,
Draußen surret und sauset der Wind
Dir einmal andere Lieder,
Wenn in der schwingenden Matte du liegst
Und dich in Träumen der Heimat wiegst.
    Wallalla, sumsolisein,
Schlafe, Liebling, schlaf' ein!

Schleicht dir ans Bett der Klabautermann,
Auf dich die Hände zu legen,
Schaut er mit blinzelnden Augen dich an,
Murmelt dir Sprüchlein und Segen.
Bist dann in Stürmen und Wogen gefeit
Fern in des Meeres Wildeinsamkeit.
    Wallalla, sumsolisein,
Schlafe, Liebling, schlaf' ein!

Hüte dich vor den Seejungfrau'n,
Wenn sie dich locken und necken!
Darfst den winkenden Armen nicht trau'n,

Die sich entgegen dir strecken.
Halb nur ist's ein berückendes Weib,
Halb eine Nixe mit schuppigem Leib.
    Wallalla, sumsolisein,
Schlafe, Liebling, schlaf' ein!

Fährst du mit vollen Segeln hinaus
Einst in das schäumende Leben,
Denke daheim doch ans Vaterhaus,
Laß es dich freundlich umweben;
Seemann da draußen in Wetter und Wind
Ist ja doch auch einer Mutter Kind.
    Wallalla, sumsolisein,
Schlafe, Liebling, schlaf' ein!

Heiko — so ward der Knabe genannt
Bei seiner Taufe — ward tagtäglich
Als größrer Prachtkerl anerkannt,
Und Jngeborgs Freude war unsäglich.
Doch Edzard stand oft in Gedanken,
Starrt' auf den kleinen Schläfer hin,
Ließ seine Wiege leise schwanken,
Und Schweres ging ihm durch den Sinn.
Er war ein Theil von der Liebsten Leben,
In seinen Aederchen rollt' ihr Blut,
Sie würde für ihn das ihre geben
Und ihn vertheib'gen mit Löwenmuth.
Was aber sollte mit ihm geschehen,
Wenn einst enthüllt ward Edzards Trug
Und dann zum Voneinandergehen
Der Trennung bittre Stunde schlug?

Würd' Ingeborg den Knaben lassen,
Ihm lassen ihn auf hoher See?
Würd' es ihr Herz verstehn und fassen
Und doch nicht brechen in seinem Weh?
Und wollte sie ihn mit sich nehmen,
Weil's Mutterliebe nicht anders begriff,
Würde van Straten den Unbequemen,
Den Bastard dulden auf seinem Schiff?
Und Edzard? ach! er hing am Knaben,
Als wär' es von ihm selbst ein Stück,
Ihn auch weggeben hieß begraben
Den letzten Wiederschein von Glück.
Er wollt' ihn hüten und halten und hegen,
Sein Leben sollte sich darum drehn,
In ihm die Erinnrung der Liebe zu pflegen,
In ihm das Bild der Geliebten zu sehn.
Ihn Ingeborg nehmen, ihn Ingeborg geben,
Gleich hart war beides, und mit Eins
Zwei theure Wesen sehn entschweben, —
Ihr Schicksal war es oder seins.
So, wie nach einem Schiffbruch, trieben
Edzards Gedanken hin und her,
Vergällten ihm an seinen Lieben
Die Lust und machten's Herz ihm schwer.

Doch wundersam nun ist gebrauet
Der Trank, den uns das Leben reicht,
In den der Eine lächelnd schauet,
Vor dem der Andre stumm erbleicht.
Hoch schwingt der Freuden vollen Becher
Ein Glücklicher, führt ihn zum Mund

Und findet, ein erschrockner Zecher,
Des Wermuths Tropfen auf dem Grund.
Der Andre leert den Kelch der Leiden
Auch bis zum Rest, und wenn er denkt,
Er müss' in Angst und Noth verscheiden,
Wird doch ein Trost noch ihm geschenkt.
So ging es Edzard; schwer bezahlen
Mußt' er des Glückes Überschwang
Mit brennenden Gewissensqualen,
Weil er's mit Lug und Trug errang.
Doch bot in seines Schmerzes Wühlen
Sich ihm wie Balsam lindernd dar
Der Trost, zu sehen und zu fühlen,
Wie maßlos glücklich Ingborg war.
Ohn' ihn hätt' sie es nie erfahren,
Wie hochbeglückte Liebe thut,
Selbst in der Frist von wenig Jahren
War's doch für sie ein Himmelsgut.
Zwar hatt' er es mit schlimmen Waffen
Für sich erkämpft auch und erlost,
Doch daß er's Ingeborg geschaffen,
Das war ihm erst der rechte Trost.
Ihr dieses Glück noch zu erkaufen,
Galt ihm als Sühne seiner Schuld,
Hatt' ihnen doch, wenn's abgelaufen,
Einmal geblüht des Schicksals Huld.
Drum hielt er fest und tief verschlossen
In seiner Brust den herben Streit,
Daß Ingborg nur von Glück umflossen
Durchlebte die so kurze Zeit.

Schnell war der milde Herbst entflohen,
Der Winter kam mit Sturmgebraus
Und sperrte die genügsam Frohen
Bald wieder ins verschneite Haus,
Das Heiko nun, der süße Junge,
Belebte durch sein muntres Kräh'n,
Denn eine recht gesunde Lunge
Besaß der künft'ge Kapitän.
Er wuchs in seiner Eltern Pflege
Sichtlich heran schon und gedieh
Wie ein lieb' Küchlein im Gehege
Und trank und strampelte und schrie.
Und als es endlich, endlich wieder
Auch auf dem stillen Inselland
Nun Frühling ward und warm hernieder
Die Sonne schien auf Dün' und Strand,
Da trugen sie zum ersten Male
Den Liebling an die offne See
Und zeigten ihm im Morgenstrahle,
Wo dermaleinst sein Leben geh'.
Die Aeuglein blinzelten, geblendet
Vom weißen Gischt, die Aermchen schlug
Er auf und ab, zum Meer gewendet,
Als streb' er schon hinaus im Flug.
Edzard nahm das als gutes Zeichen:
„Wohlauf, mein Junge! Segel los!"
Rief er erfreut, „die See durchstreichen
Macht frei das Herz, den Willen groß."
Doch Ingborg seufzte: „Ja, und scheiden
Von seinem Lieb mit feuchtem Blick,
Sich immer trennen, lange meiden,

Des Seemanns Aussicht und Geschick!"
Heiko indeß, von dem nichts ahnend,
Was sich auf Sorg' und Hoffnung stützt,
Saß, an ein Heil'genbild gemahnend,
Von Mutterarmen wohl beschützt.
Im Sommer durft' er ohne Schaden
Schon nach Belieben und Begehr
Sich in dem Dünensande baden;
Da kroch und kugelt' er umher
Und spähte, wie die Möven flogen,
Klatscht' in die Händchen, kreischte laut,
Horcht' auf bei dem Geräusch der Wogen
Und ward mit Wind und See vertraut.
Viel Schafe fanden auf der Heide,
Dort angepflöckt zu zwei'n und drei'n,
Im Kreise grasend ihre Weide,
Und blökten in den Tag hinein.
An ihnen hatte sein Gefallen
Das muntre, früh geweckte Kind,
An ihrer Stimme lautem Schallen
Und ihren Sprüngen, hetzgeschwind.
Am meisten schien ihn zu beglücken,
Wenn ihn der Vater reiten ließ
Und er sich auf des Thieres Rücken
Festklammert' in sein wollig Fließ.
Dann pflegt' auch Edzard wohl zu heuern
Ein Segelboot, mit Weib und Kind
Aufs Wattenmeer hinaus zu steuern,
Wenn Wind und Wetter warm und lind.
Der Junge sollte sich gewöhnen
Ans Schaukeln, meint' er, möglichst früh,

An all das Brausen, Wehn und Dröhnen
Und an der Wellen Schaumgesprüh.
Wie Edzard nun das Fahrzeug lenkte,
Sich seiner Kunst und Kraft bewußt,
Wie er es wandte, dreht' und schwenkte,
Sah Ingeborg mit stiller Lust
Und fühlte sich an seiner Seite
So sicher wie im stärksten Hort,
Als wäre sie auf Meeresweite
Mit ihm an stolzen Schiffes Bord.
Ihn selber freut' es, ihr zu zeigen,
Daß er aufs Segeln sich verstand,
Sie sahn sich lächelnd an in Schweigen
Und drückten treulich sich die Hand.

So ging der Sommer hin, es reifte
Der Herbst des Kornes karge Frucht,
Und wieder durch die Insel streifte
Der Wintersturm in wilder Flucht.
Dann kam der Frühling, ach! der letzte
Im kleinen, stillen Friesenhaus,
Denn die sich liebten, trieb und hetzte
Er aus dem Paradies hinaus.

VIII.

Auf Heide und Dünen.

eber die Heide braust
Der entfesselte Wind.
Er faucht und saust
Und fährt geschwind
Mit wuchtigem Flügel
Über die Hügel,
Die Gräber der Hünen
Im steinigen Bette,
Und über der Dünen
Sich dehnende Kette.
Da stiebt der Sand
Und rieselt vom Rand
Und raschelt im Grase
Gleich körnigen Splittern
Vom härtesten Glase.
Die Halme zittern
Und wehen und flattern,
Ein Knistern und Knattern
Geht durch die gebückten,
Zur Erde gedrückten.
Vom Ufer tönet

Herüber und dröhnet
Ein Rauschen und Rollen
Wie Donnergrollen.
Die Wogen schlagen
Den wüsten Strand
Und treiben und tragen
Ausbreitend an Land
Den Schaum und Gischt,
Der im Sande verlischt.
Und rückwärts fließen
Die Wellen, ergießen
In andre sich strudelnd,
Die spritzend und sprudelnd
Sich kräuseln und schürzen,
Sich brechen und stürzen
Zu neuer Landung
In tosender Brandung.

Bald langsam ziehen,
Bald eilend fliehen,
Hier dicht geballt,
Dort mannigfalt
Zersetzt, zerrissen,
Zerzaust und zersplissen,
Die Wolken oben,
Vom Winde geschoben.
Und plötzlich prasselt
Herunter und rasselt
Ein Regenschauer
Von kurzer Dauer,
Aus finsterer Höh
Von stürmischer Bö

Gepackt und gerüttelt,
Zu Strömen geschüttelt.
Es schießt und schmettert
Und wirbelt und wettert
Im Nebelkleide
Rasch über die Heide,
Durch die es sich windet,
Verdampft und verschwindet
Wie Sinnestrug,
Wie gruselig huschender Hexenspuk.
　　Dann still und leer
Liegt rings umher
Nach Sturm und Streit
Das flache Gefild,
Der Einsamkeit
Großartiges Bild.
Wohin auch immer
Durch feuchtes Geflimmer
Die Augen schau'n,
Ist düster braun
Die Heide ringsum
Und todesstumm.
Nur dumpf und leise
Der Wind noch singt
Eine alte Weise,
Die traurig klingt.
Er flüstert von Sagen
Aus grauen Tagen,
Von Dörfern, versunken,
Im Meer ertrunken,
Von Recken und Grafen

Mit Ring und Stab,
Die lange schon schlafen
Im Hünengrab.

   Auf einmal bricht
Das Sonnenlicht
Aus dem schwarzen Flor
Der Wolken hervor,
Beglänzt eine Kuppe
Der Dünengruppe,
Daß hell und rund
Vor schattigem Grund
Es schimmert und scheint,
Als wäre vereint
Der Sand der See
Mit Alpenschnee.
Zart duftige, schöne
Farben und Töne
Flirren und funkeln;
Neben dem dunkeln
Heidekraut nisteln
Bläuliche Disteln
Zwischen den grünen
Gräsern der Dünen.
Und wo zu Thale
Die Kette sinkt,
Da blitzt und blinkt
Im Sonnenstrahle
Das blaue Meer
Dazwischen her
Und glitzert und spiegelt
Wie goldbesiegelt.

Ein einziger freier,
Nur flüchtiger Blick
War's durch den Schleier,
Und wieder zurück
Ins graue Getriebe
Der Wolkengeschiebe
Kehrt bleich und fahl
Der leuchtende Strahl.

Und wieder geht
Der Wind und weht
Ueber See und Sand
Ins dunstige Land
Mit salzigem Hauch.
Kein Baum, kein Strauch
Hemmt seinen Gang
Auf meilenlang
Gestrecktem Grund
Am Wattensund,
Wo nichts sich regt,
Nichts sich bewegt
In Flug und Sprung,
Kein Laut, kein Schall,
Als Windesschwung
Und Wogenschwall.
Verlassen liegt
Wie bedrückt, besiegt
Von lastendem Leibe
Die braune Heide.

Ein Wandrer schreitet
Pfadlos gen Süden,

Kein Ziel ihn leitet,
Er fühlt kein Ermüden.
Im Winde flattert sein Haar,
Sein blaues Augenpaar
Starrt finster vor sich hin,
Ihm trüben Sorgen den Sinn.
Manch tiefer Seufzer ihm entsteigt,
Als ob ihm Muth und Hoffnung schwinde,
Er regt die Lippe, doch er schweigt,
Vertraut sein Weh nicht mal dem Winde.
's ist Edzard, der durch die Heide geht,
Nicht wissend wohin und wie weit,
Wo keines Menschen Hütte steht
Und nur die Möve schreit.
Er faltet die Stirn und denkt und denkt
Und wandert immer fort,
Er schreitet, den Blick zu Boden gesenkt,
Als such' er Verlorenes dort.
Noch nicht verloren, noch ist sein
Das höchste Glück auf Erden,
Bald aber mit dem Mein und Dein
Muß abgerechnet werden.
Schon rückt die Zeit heran in Hast
Zu schrecklichem Beginnen,
Ach! nur noch wenig Wochen fast,
Dann muß er mit Ingborg von hinnen.
Das Cap der guten Hoffnung ist weit,
Früh muß er von dannen ziehn, —
Der „guten Hoffnung" - Barmherzigkeit!
Der Ort der Verzweiflung für ihn!
Noch hat er kein Schiff, das ihn und sein Glück

Fort trägt zum Süden nieder,
Und kehrt er selber lebend zurück, —
S i e sieht er niemals wieder.
Noch weiß sie's nicht, noch fand er nicht Muth,
Das Fürchterliche zu sagen,
Und wenn er es nun endlich thut,
Wie wird sie's fassen und tragen?
Wie soll er's über die Lippen bringen,
Daß sie nur sein geliehenes Weib,
Und daß ihn Wort und Handschlag zwingen,
Sie auszuliefern mit Seel' und Leib
Dem, dessen Tod er ihr gelogen,
Dem sie nun wieder gehören soll,
Nachdem auf seliger Liebe Wogen
Ihr Schifflein fuhr, des Glückes voll?
Hätt' er sein heiliges Wort nicht gegeben,
Ingborg zu bringen dem Mann,
Er schlüg' ihr vor, zu scheiden vom Leben
Mit ihm, wenn die Frist verrann.
Und Heiko dann, der Liebling von beiden,
Legt' ihnen auf die Pflicht,
Das Leben zu tragen, das Leben zu leiden
Mit seiner Schmerzen Gewicht.
Manchmal durchirrt' er die Heide schon
Und rang nach einem Entschluß
Gegenüber des Schicksals bitterm Hohn,
Gegenüber dem grausamen Muß.
Und war er zu Hause, so saß er und saß
Und brachte kein Wort hervor,
So bang, daß er Essen und Trinken vergaß
Und den Segen des Schlafes verlor.

7*

Dann sah ihn Ingeborg sorgend an
Und streichelt' ihm Wangen und Stirn:
„Was hast Du, mein liebster, mein einziger Mann?
Was stört Dich in Herzen und Hirn?"
Er aber schüttelte stumm das Haupt
Und winkt' ihr mit der Hand;
Sie suchte, was ihm die Ruhe geraubt,
Und suchte, was sie nicht fand.
Er liebte sie noch so heiß wie je,
Sie fühlt' es an seinem Kuß,
Sein Kummer jedoch, sein Leid und Weh
Blieb unter festem Verschluß.
Doch endlich kam ihr Erleuchtung und Rath,
Er aber war nicht zu Haus,
Auf sprang ihr im Herzen der Wille zur That, —
Zu suchen ihn ging sie aus.

Sie suchte den Liebsten weit und breit,
Sie sucht' ihn sehnsuchtsvoll,
Und in der schweigenden Einsamkeit
Das Herz so mächtig ihr schwoll,
Als hätte sie lang ihn nicht gesehn,
Noch länger ihn nicht geküßt,
Daß, seinen Spuren nachzugehn,
Sie jagen und eilen müßt',
Um ihm aus seiner Seele fort
Zu scheuchen Angst und Noth
Wie Spreu vorm Wind durch ein einzig Wort,
Das ihr die Liebe gebot.
Doch fand sie ihn auf der Heide nicht,
So weit sie auch lief und lief,

Anstrengend ihr Gehör und Gesicht,
Und seinen Namen rief.

Sie schlug sich in die Dünen hinein,
Durchstreifend kreuz und quer,
Thalauf, thalab die Hügelreih'n,
Bis vor ihr wogte das Meer.

Es war wohl spät am Nachmittag
Schon nach der Sonne Stand,
Doch weitum ihr zu Füßen lag
Einsam und leer der Strand.

Die Wellen rauschten dumpf und kühl
Heraus und wieder hinein,
Ihr aber wurde bang und schwül:
„Wo mag mein Liebster sein?

Die Schwermuth hat's ihm angethan,
Die heimlich ihn umspinnt,
Doch der ihn quält, den düstern Wahn,
Den nehm' ich ihm geschwind."

Und weiter geht sie den Strand entlang.
Nicht achtend des Windes Wehn,
Da zwischen den Hügeln am Dünenhang,
Da findet sie endlich ihn stehn.

Er sieht sie nicht, er hört sie nicht,
Entrückt aus Raum und Zeit,
Schreckt erst, als sie schon bei ihm dicht,
Aus seiner Versunkenheit.

„Edzard," beginnt sie, „was ist mit Dir?
Du bist nicht mehr wie sonst;
Warum verbirgst Dein Leid Du mir,
Mir, Deinem treuen Gesponst?"

Er schaut sie träumerisch, traurig an

Und seufzt nur schwer und stumm,
Sie legt die Arme dem starken Mann
Sanft um den Nacken herum.
„Wenn Du es mir nicht sagen willst,"
Spricht sie, „so sag' ich's Dir,
Damit Du Deine Sehnsucht stillst,
Denn dazu bin ich hier.
Dich treibt es fort vom Inselstrand,
Zu segeln aus und ein,
Du hältst es nicht mehr aus am Land,
Mußt wieder Seemann sein.
So nimm ein Schiff und segle los,
Doch es gescheh' selbdritt,
Mir ist kein Meer zu weit, zu groß,
Edzard — ich gehe mit!
Du läßt ja nimmer doch von mir,
Läßt nicht Dein Kind in Stich,
Ich häng' an Dir, ich haft' an Dir,
Wo Du bleibst, bleib' auch ich.
Fährst Du gen Süd, fährst Du gen Nord,
Fährst rund Du um die Welt,
An Deiner Brust, an Deinem Bord,
Da ist mein Himmelszelt."
„Ingborg!! — mein muthig Weib!" heraus
Schreit er's in Leid und Lust
Und drückt sie fest im Windgebraus
An seine klopfende Brust.

Dann gehen heim sie Arm in Arm, —
Ach, wie das Herz ihr klang,
Wie sie an ihn jetzt weich und warm

Sich schmiegt auf diesem Gang!
Sie denkt in ihrer Liebe Sieg
An Edzards Freude nur,
Ahnt nicht, wenn sie sein Schiff bestieg,
Wohin sie mit ihm fuhr.
Und er? — wohl ist er frohgemuth,
Daß sie sich selbst erbot,
Ihn zu begleiten durch die Fluth,
Nicht wissend, was ihr droht.
Nun braucht er nicht ihr zu enthüll'n
Der Reise Zweck und Ziel,
Noch dürfen Glück und Liebe füll'n
Den Raum auf seinem Kiel.
Doch in ihm wurmt's und frißt und nagt,
Daß die, die ihm vertraut,
Die Alles für ihn thut und wagt,
Vergebens auf ihn baut.
Um sich von ihm zu trennen nie,
Geht sie mit ihm an Bord,
Und dazu grade führt er sie
Stillschweigend mit sich fort.
Wie schrecklich, wenn er einst am Cap
Die Worte sprechen muß:
„Jetzt schließe mit dem Glück nur ab,
Gieb mir den letzten Kuß!
Dort kommt ein Schiff herauf vom Pol,
Van Straten ist's allein,
Er nimmt Dich mir, — lebwohl! lebwohl!
Du bist nun wieder sein."
So sah's in Edzards Innern aus,
Mit Ingborg Hand in Hand,

Bis wieder dann in Pein und Graus
Der Trost ihm neu erstand:
's ist doch ein Aufschub, Monde lang,
Bis dahin sind wir froh
In unfrer Herzen heißem Drang,
In Lust und Liebe so.
Und wirklich ward er heitern Sinns
Und guter Hoffnung voll,
Daß ihm ob dieses Zeitgewinns
Das Herz in Freuden schwoll.
„Gleich morgen," rief er, „fahre hier
Ich ab vom Morsum = Kliff
Nach Hamburg und verschaffe mir
Als Kapitän ein Schiff."
Sie lächelt ihm, sie nickt ihm zu:
„Nur nicht zu lange bleib'!"
„Nein!" lacht er, „nein, mein wonnig Du!"
Und herzt und küßt sein Weib.

IX.

Abschied von Sylt.

— —

Zwei Wochen waren schon vergangen,
Und Edzard kam noch nicht zurück,
Ingborg mit Hangen und mit Bangen
Harrt' auf des Wiedersehens Glück.
Die erste Trennung war's der Beiden,
Und ihnen ward es grausam schwer,
Sich auch nur einen Tag zu meiden;
Das Haus schien Ingborg öd und leer,
Seit er sich nicht darin bewegte,
Sie nicht mehr hörte seinen Schritt,
Daß es die sehnsuchtsvoll Erregte
Kaum noch in den vier Wänden litt.
Doch ordnete sie Heim und Habe
Vorsorglich für den Aufbruch schon
Und packte, was an Gut und Gabe
Sie beide brauchten und ihr Sohn.
Ein schwer Geschäft! von allen Seiten
Bot sich Erinnerung ihr dar
Bei diesem Abschiedvorbereiten
Von hier, wo sie so glücklich war.
Auf keinem Schiff mit stolzen Masten,

Und führ's als Admiralschiff aus,
Wird je sie so zufrieden rasten
Wie hier im kleinen Friesenhaus,
Mit ihm, mit ihm allein geborgen
In ihrer Liebe Zauberschloß
Und mit der Lust, für ihn zu sorgen,
Daß er das höchste Glück genoß.
Doch Edzard hatt' es so entschieden,
Ihn trieben Mannes Muth und Kraft
Hinaus aus ihrem stillen Frieden
Zu Wagniß und zur Führerschaft
Im Kampf mit den Naturgewalten,
Wo es um Tod und Leben geht,
Und im Befehlen, Thun und Schalten
Ein Einziger für Alle steht.
O sie begriff sein heißes Sehnen,
Nach jahrelangem Müßiggang
Die freie Willenskraft zu dehnen
Gleich Schwingen überm Wogendrang.
Sie hatt' ihm einst gesagt: bedenke,
Daß Deine Wünsche immer auch
Die meinen sind, und leit' und lenke
Du mich mit Deines Willens Hauch.
Drum folgte, ob es stürmt', ob sonnte,
Sie ihm zu Wasser und zu Land,
Wenn sie nur bei ihm bleiben konnte,
Nur Aug' in Auge, Hand in Hand.

Es blickt' eine blonde Fischermaid
Bang auf die See hinaus,
Der, den sie liebte, war weit, so weit,

Kam Jahre nicht nach Haus.
Er ahnte nicht, daß sie noch sein
Gedacht' und nach ihm frug,
Sie wußte nicht, daß er allein
Ihr Bild im Herzen trug.

Sie saß am Meer im Sonnenschein,
Sie saß im Wind am Meer
Und sehnte sich tagaus, tagein
Nach seiner Wiederkehr.
Und er fand auch nicht Ruh, nicht Halt,
Die Segel ließ er drehn,
Es trieb ihn heimwärts mit Gewalt,
Er mußte sie wiedersehn.

Einst, als erloschen das Abendroth,
Was rudert und was rauscht?
In Dämmrung kommt heran ein Boot,
Sie zittert und sie lauscht.
Er springt heraus, er steht und starrt, —
Trügt ihn sein Auge nicht?
Ihr klopft das Herz, — auf den sie harrt,
Der schaut ihr ins Gesicht.

„Sprich! wen erwartest Du noch hier
Allein am öden Strand?"
„Und Du, Seefahrer, sage mir:
Wen suchest Du am Land?"
„Dich!" ruft er, und sein Auge blinkt
Hell auf in Herzenslust,
„Dich!" flüstert sie und wankt und sinkt
Dem Liebsten an die Brust.

„Dein Mütterlein auf dem Kirchhof ruht,
Ich hab' ihr Grab gepflegt,
Ihr Haus hat längst des Feuers Gluth
In Schutt und Asche gelegt.
Ich nähm' in unsre Hütte Dich
Und theilte mit Dir mein Brot,
Doch haßt mein Vater Dich und mich,
Er schlüg' uns beide todt."

„So komm mit mir! da draußen liegt
Ein Schiff, und das ist mein,
Das soll, so lang es die Welle wiegt,
Uns Haus und Heimat sein.
Wenn Du Dein Schicksal mir vertraust,
Ob Lust, ob Leid es bringt.
So komm, bis uns, vom Sturm umbraust,
Das letzte Lied erklingt!"

Zum Himmel blickte sie empor,
Da fuhr herab ein Stern,
Und die die Hoffnung nicht verlor,
Sie folgte dem Liebsten gern.
Sie drückten schweigend sich die Hand
Auf Treu und Glauben und Glück,
Dann stießen sie ab vom dunkeln Strand, —
Nie kehrten sie wieder zurück.

Ingborg späht' einst vom Hügel nieder
Die Heide lang, und Edzard kam,
Er winkt' ihr zu, sie winkte wieder,
Und wie sie ihn beim Kopfe nahm!

Aus übervollem Herzen sprang es,
Als sie zum Willkomm ihn umspann,
Wie Lerchenschmettern sang und klang es:
„Wie lieb' ich Dich, mein süßer Mann!"
Und nun erzählt' er von der Reise:
In Husum landet' er, von wo
Zu Wagen ihn befahr'ne Gleise
Nach Hamburg führten hoffnungsfroh.
Im Hafen dort hatt' er gefunden
Ein schönes Vollschiff größter Art
Und sich als Kapitän verbunden
Dem Rheder zur Ostindienfahrt.
„Die Jungfrau" hieß das Schiff, vom Kiele
Bis zu den Toppen fest gebaut,
Ein Segler, dem zum fernsten Ziele
Sich jeder Seemann gern vertraut.
Dem Zufall hatt' er es zu danken,
Daß er sofort das Schiff erhielt,
Des frühern Kapitäns Erkranken
Hatt's leicht ihm in die Hand gespielt.
Gut war's bemannt und stark beladen,
Und das Kommando sollt' er flugs
Nun übernehmen, daß kein Schaden
Aus der Verzögerung erwuchs.
Dann hatt' er, als erledigt waren
Dort die Geschäfte, wie's ihm lieb,
Die Nordsee grades Wegs durchfahren
Auf einem Ever, und der blieb
Am Wattenstrand des Winks gewärtig,
Daß er beim ersten guten Wind
Zur Abfahrt wieder segelfertig

Für Edzard sei mit Weib und Kind.
Nun mußten sie das Bündel schnüren
Und was am Herzen ihnen lag,
An Bord des Evers überführen,
Und dann — dann kam der letzte Tag
In Rantum auf der Sylter Heide
Und in der Düneneinsamkeit,
Und ihres Glückes grüne Weide
War abgegrast für alle Zeit. —

Wo Dir auf Erden
Ein Glück erblüht,
Wo Dir in Liebe
Das Herz erglüht,
Sei's in der Heimat,
Sei's in der Ferne,
Unter dem kühlsten
Der wandelnden Sterne,
Halt' in treuem Gedenken die Stätte,
Als ob sie ewig gebunden Dich hätte.

Pflück' ein Blümlein
Vom Wegesrand,
Raffe vom Boden
Ein Häuflein Sand.
Wenn Du's betrachtest
Nach langen Zeiten,
Wird Dich's gemahnen
Der Seligkeiten,
Einst in glücklichen Jahren genossen,
Die wie berauschende Stunden verflossen.

Wird dir beim Scheiden
Bang und verzagt,
Daß zum Lebwohl Dir
Die Stimme versagt,
Glänzt Dir im letzten
Blick eine Thräne,
Nimmer in Thorheit
Verschwendet sie wähne.
Winke vom Berge grüßend hernieder,
Weißt ja nicht, kehrest noch einmal Du wieder.

Die Sterne standen am Himmelsbogen
In warmer Frühsommernacht,
Still kam der Mond heraufgezogen,
Die Wellen rauschten sacht.
Es war, als sängen sie Abschiedslieder
Den Beiden, die wenig froh:
‚Wann sehen wir uns wohl einmal wieder
Im ewigen Wandern und wo?
Wir schäumen an Küsten von sengenden Gluthen
Und branden um eisigen Steg,
Wir rollen uns Rund und ebben und fluthen
Und wissen nicht unsern Weg.
Und kehren wir nach unzähligen Jahren
Zurück an den alten Strand,
Wo sind dann, die hier glücklich waren,
Die hier die Liebe verband?
Die Einen liegen im Trocknen begraben,
Die Andern auf feuchtem Grund,
Und was sie gelitten, gestritten haben,
Ach, davon redet kein Mund.

Des Menschen Leben, wie Wind und Welle,
So wankt und schwankt es im Sein
Durch schauriges Dunkel, durch strahlende Helle,
Verlischt wie Tropfen am Stein.
Lebtwohl, ihr Athmer unter den Sternen,
Wo Alles wird wieder neu,
Und haltet, getrennt auch durch dämmernde Fernen,
Euch Lieb' und ewige Treu!'
   Edzard und Ingeborg saßen im Sande
Dicht an einander geschmiegt
Auf ihrem Platz am Dünenrande,
Von wallenden Träumen gewiegt.
Wehmüthig schauten in tiefem Schweigen
Hernieder sie auf das Meer,
Sie sahen die Wellen sinken und steigen,
Das Herz ward ihnen schwer.
Der letzte Abend war gekommen,
Und ihnen war zu Muth,
Als würde beiden weggenommen
Des Friedens letzte Hut,
Als sollten sie aus dem stillen Port
Hinaus in die wogende Welt,
Durch die Fremde getrieben fort und fort
Unter anderen Himmels Gezelt.
Erinnerung aber hielte sie fest
Und ließe nimmer sie los
Und fesselte sie an ihr trauliches Nest,
Wo sie saßen in Glückes Schoß.
Sie führt' ihnen liebliche Bilder empor,
Von sonnigem Lächeln umschwebt,
Und hielt ihnen alle die Freuden vor.

Die sie hier mit einander erlebt.
Sie flocht einen duftigen Blüthenkranz,
Von Immergrün rund umlaubt,
Und legt' ihn mild wie Sternenglanz
Den Beiden ums träumende Haupt.

Der Mond schien hell vom Himmel nieder
Aufs Meer und den einsamen Strand,
Sein sanftes Leuchten strahlte wieder
Vom wellenfeuchten Sand.
Er hatt' eine goldene Brücke geschlagen,
Die fern in den Wogen verschwand,
Gedanken und Wünsche hinüber zu tragen
Nach einem glückseligen Land.
Das gab auf den Wellen ein kräuselnd Geflimmer,
Ein bläuliches Funkeln und Glühn,
Auf sprudelndem Schaum einen flammenden Schimmer,
Ein Blinken und Blitzen und Sprühn.
Es war ein unsagbarer Zauber ergossen
Rings durch die schweigende Nacht,
Ahnungserweckend, geheimnißumflossen,
Von sinnberückender Macht.
Was scheu sich vor dem Licht verhüllte
In blendenden Tages Lauf,
Mit Hoffen und Sehnen die Brust erfüllte,
Zu den Sternen nun stieg es auf.
Ingeborg schaute zum Mond empor
Und wieder dann auf die See,
Und wie sich ihr Blick in der Ferne verlor,
Ergriff sie ein süßes Weh.
Sie schmiegte sich fester an Edzard an

In inniger Liebe Thun:
„Wann werden wir, mein Herzensmann,
Hier wieder einmal ruhn?"
„Ingborg, das steht in Gottes Hand,
Wir müssen uns fügen und still'n,
Schicksal geht über Menschenverstand,
Fragt nicht nach Wunsch und Will'n."
So wich er ihr beklommen aus
Und athmete tief und schwer,
Er wußte wohl, das Hierzuhaus
Kam nimmer und nimmermehr.
Ein Schmerz in Ingeborgs Seele schlich
Leise wie Mondesgeleucht,
Ihr Busen hob und senkte sich,
Die Augen wurden ihr feucht.
Auf stand sie mit gebrochnem Muth
Und schöpft' ein Häuflein Sand
Grab von der Stätte, wo sie geruht,
Das in ihr Tuch sie band.
„Zum Angedenken nehm' ich's mit
Von diesem heiligen Grund,
Auf dem gesegnet jeder Schritt,"
Sprach sie mit zuckendem Mund.
„Solang ich leben kann und mag,
Bewahr' ich's, und dereinst
Leg's unter's Haupt mir an dem Tag,
An dem Du um mich weinst."
Durch Edzards Seele ging ein Riß,
Er wünschte den Tod herbei,
Ihm war das Eine nur gewiß:
Das Leben trennte die Zwei.

Ihr war erloschen und erstickt
Jedweder Hoffnung Keim,
Und traurig gingen sie, geknickt
Zum letzten Male heim.

Am andern Morgen schloß wehmuthvoll
Edzard das Häuschen zu,
Und wo sonst Ruf und Lachen scholl,
Da war nun Grabesruh.
Die Nachbarn gaben ihnen Geleit
Bis an den Wattenstrand
Und drückten dort in Traurigkeit
Noch einmal ihnen die Hand.
Dann saßen sie bei den Schiffern stumm
An Bord des Evers allein
Und fuhren um Hörnum Ebbe herum
In die freie Nordsee hinein.
Da glitt das Schiff wie Mövenflug
Mit voller Segel Trieb,
Als könnt' es gar nicht schnell genug
Fortbringen, was gerne blieb.
Edzard und Ingeborg standen am Mast
Und schauten zurück zum Land,
Hand hatte heimlich Hand erfaßt,
Und Blick den Blick verstand.
Vor ihren Augen sank und sank
Stets tiefer in die Fluth
Das Fleckchen Erde, die Inselbank,
Wo Herz am Herzen geruht,
Ein Paradies, mit Rosen bestreut,
In einer Wüstenei,

Das sie betreten zu Zwei'n und heut
Verließen ihrer Drei.
Noch ragte der Dünen gestreckter Damm
Weit sichtbar über die See,
Erglänzend wie fernen Gebirges Kamm
Mit frisch gefallnem Schnee.
Dann war nur noch ein schmaler Strich
Das Land, wie hingehaucht,
Dann nur ein Punkt, der rasch verblich,
Und jetzt — war's untergetaucht.
Ingeborg winkt' und rief: „O du,
Lebwohl, meines Glückes Lehn!"
Und Edzard fügt' in Gedanken hinzu:
„Auf Nimmerwiedersehn!"

X.

An Bord der Jungfrau.

Auf blauen, breitgeschwungnen Wogen
Durch den atlantischen Ozean
Kam hoch und stolz daher gezogen
Die Jungfrau wie ein Riesenschwan
Mit ausgespreizten weißen Schwingen,
Die Brust umsprudelt und umkraust
Und von den Wellen mit Rauschen und Klingen
Jauchzend umsprungen und umbraust.
Schon Wochen lang war sie geschwommen,
War durch den stürmischen Canal
Und durch Biscaya's Bai gekommen,
Die bös verrufne, hatt' einmal
Im Hafen Lissabons gelegen
Und steuerte nun unverwandt
Auf küstenfernen Wasserwegen
Nach dem canarischen Inselland.
Da war es eines Tags am Morgen
Nach Sonnenaufgang, Edzard kam
Schon früh an Deck, weil seine Sorgen
Ihm nie ein langer Schlummer nahm,
Und vor sich, grad im Kurs des Schiffes

Erblick' er Land, aus Nebelduft
Hob sich im Glanz des Demantschliffes
Ein schlanker Gipfel in die Luft.
Schnell zur Kajüt' hinab! im Schreiten
Schon ließ er laut den Ruf ergeh'n:
„Komm, Ingeborg, willst Du von weiten
Den Pic von Teneriffa sehn!"
Sie kam an Deck auch, beide stiegen
Zur Back am Vordertheil empor
Und sahen frei nun vor sich liegen
Den schönen Berg; hoch aus dem Flor
Des grauen Wolkengürtels reckte
Er in die klare Luft hinein
Das stolze Haupt, das schneebedeckte,
Mit einem matten Rosenschein.
Doch bald erblich der Farbenschimmer,
Daß weiß und scharf die steile Wand,
Stets blendender, krystallner immer,
Im tiefen Blau des Himmels stand.

So nah jedoch des Berges Kegel
Dem Auge schien, den ganzen Tag
Lief noch die Jungfrau unter Segel,
Eh' sie an ihrem Anker lag
Vor Santa Cruz, wo nöth'ger Weise
Sie wieder Lebensmittel nahm
Nebst frischem Wasser für die Reise
Und flickte, was zu Schaden kam.
Der Bootsmann mußt' es überwachen,
Denn Edzard wollte hier allein
Mit Ingborg einen Ausflug machen

Zu Maulthier in das Land hinein.
Ist Teneriffa doch die Pforte
Zur wunderbaren Tropenwelt,
Wie's kaum an einem andern Orte
So deutlich sich vor Augen stellt
In unvergleichlich schönen Bildern,
So unerschöpflich mannigfalt,
Wie Worte nimmerdar es schildern,
Von sinnbestrickender Gewalt.
Hier können Seel' und Leib gesunden
An Allem, was da grünt und blüht,
Und hier hat Heilung schon gefunden
Manch schwerbeladenes Gemüth.
Das wollte der Geliebten zeigen
Edzard zum allererstem Mal,
Und an dem Tage sollte schweigen
Des eignen Herzens Angst und Qual.
So ritten sie selbander beide
Und hielten an und blieben stehn,
Und ihr war's eine Augenweide,
Was sie im Leben nie gesehn.
Der dunkelblaue Himmel oben,
Aufs blaue Meer der weite Blick
Und in die Luft empor gehoben,
Der hohe, glänzend helle Pic;
Die Palmen, Myrthen und Bananen,
Der blühende Orangenbaum,
Agaven, Cactus und Lianen, —
Für Ingborg war's wie Märchentraum.
Wenn sie die baumlos öde Heide
Mit ihrem grauen Wolkenstrich,

Die Dünen im blaßgrünen Kleide
Auf Sylt mit alledem verglich,
Was hier wildüppig wuchs und rankte,
Von Safte strotzend, gluthgeschürt,
An Farben reich und bunt, so dankte
Sie dem, der sie hierher geführt.
Von ihrer Freude Wiederscheine
Ein Strahl in Edzards Seele drang,
War's sicher doch der letzten eine,
Die ihr zu machen ihm gelang.
Spät kehrten sie zurück vom Ritte,
Er endlich einmal wieder froh,
Sie mit der ahnungslosen Bitte:
„Zeig' mir Ostindien ebenso!"

Früh ging es fort mit Windesflügeln
Von Teneriffa's Palmenstrand
Und seinen grünen Rebenhügeln,
Nach Süden hin den Kurs gewandt.
Doch in der Luft, der ewig blauen,
Weit draußen auf dem Ozean
War lange, lange noch zu schauen
Der himmelragende Vulkan.
Der Jungfrau Bug durchschnitt die Welle,
Die an ihm aufsprang und zerrann,
Und hier, an seiner rechten Stelle,
War Edzard ganz ein andrer Mann,
Als er auf Sylt war, wo sein Leben
Im Amt des Strandvogts ruhig floß,
Fast nur der Liebe hingegeben,
Womit er Weib und Kind umschloß.

An Schiffes Bord galt's aufzubringen
Entschiedenheit im Thun und Späh'n,
Und hier war er in allen Dingen
Zuerst, zuletzt der Kapitän,
Deß Auge über Allem wachte,
Der jeder Pflicht sich unterzog,
Das Wichtige mit Ernst bedachte
Und das Geringste selbst erwog.
Kein Wunder, daß er beim Befehlen,
Bei jedem Winke mit der Hand
In seinen wackern Seemannsseelen
Hingebung und Gehorsam fand.
Mit Stolz sah Ingeborg sein Walten
Als Führer auf dem großen Schiff,
Wie er mit voller Kraft Entfalten
In Alles festen Willens griff.
Er aber that, was er vermochte,
Um ihr den Aufenthalt an Bord
Bequem zu machen, und ihm pochte
Das Herz bei ihrem Dankeswort.
Es mühten selbst sich die Matrosen,
Der schönen Frau und ihrem Kind
An Deck, dem allzeit schattenlosen,
Zu helfen gegen Sonn' und Wind.
Sie spannten Segel aus zum Schutze,
Sie machten ihr den Sitz bereit,
Was möglich war und ihr zu Nutze,
That ihre frohe Dienstbarkeit.
Heiko, der Liebling Aller, lebte
Mit ihnen auf dem besten Fuß,
Daß Jeder seine Gunst erstrebte

Mit neckisch ehrerbiet'gem Gruß.
Längst konnt' er laufen, und ans Schwanken
Des Schiffs gewöhnt' er bald sich auch;
Kam er auf den bewegten Planken
Bei einer stärkern Brise Hauch
Ins Taumeln, fingen sie geschwinde
Das Kerlchen auf, bevor es fiel,
Und trieben mit dem brallen Kinde
In ihrer Weise Scherz und Spiel.
Sie hoben gern ihn auf die Arme
Und zeigten ihm in Luv und Lee,
Wenn nah dem Schiffe sich im Schwarme
Pottfische tummelten in See.
Er konnt' auch sprechen schon und wußte
Manch richtiges Kommandowort,
Wie sie der Bootsmann brauchen mußte
Beim Segelstellen hier und dort.
Lallt' er den Ruf, den wohlbekannten:
„Toppgasten, enter auf!" geschah's,
Daß sie wie Katzen in den Wanten
Aufkletterten, nur ihm zum Spaß.
Dann hörte rings man Lachen schallen
Laut bei der Segel leisem Bläh'n,
Denn Alles that man zu Gefallen
Dem flächsnen Knirps von Kapitän.

Den Wendekreis des Krebses hatte
Die Jungfrau jetzt gekreuzt und trat
In die Region, die wellenglatte,
Wo ständig wehte der Passat.
Der heißen Zone reiches Leben,

Wie's brütend reift die Tropengluth,
Erschien mit seinem Wall'n und Weben
In der nur sanft bewegten Fluth.
In Heerden hier Delphine zogen,
Seeschwalben huschten dort vorbei,
Und leichtbeschwingte Fische flogen,
Verfolgt von dem gefräß'gen Hai.
In allen Farben, allen Tönen
Des Regenbogens sonnten sich
Zu Tausenden des Meeres Schönen,
Medusen, zart und zimperlich.
Nachts aber, wie besät mit Flammen,
Blitzt' auf und leuchtete das Meer,
Und in des Schiffs Kielwasser schwammen
Grüngoldne Schlangen hinterher.
Wenn sich empor die Welle bäumte,
So blinkerte sie plötzlich grell
In blauem Licht, und wenn sie schäumte,
Gab's ein Gefunkel, silberhell.
Jedoch von Wundern, hochgefeiert,
Greift keins ans Herz mit solcher Macht,
Als wenn dem Blicke sich entschleiert
Noch nie geschaute Sternenpracht.
Zeigt einem Mann zum ersten Male
Das offne Meer, vom Sturm erregt,
Zeigt ihm vom grünen Alpenthale
Die Gipfelriesen, schneebelegt,
Bringt ihn in noch so weite Ferne, —
Sie wird ihm sicher bald vertraut,
Solang er nur die alten Sterne
Noch über sich als Freunde schaut.

Erst wenn er die nicht wiederfindet,
Wenn, was ihm als unwandelbar
Vor Augen stand, nun doch verschwindet,
Dann wird mit Grausen er gewahr,
Daß er die ungeheure Größe
Des Weltalls nimmermehr ermißt,
Und fühlt in seiner Ohnmacht Blöße,
Wie fern er von der Heimat ist.
So ging es Ingborg; Sterne sanken,
Zu denen sie mit heißem Flehn,
Mit stillen, sehnenden Gedanken
Daheim vertrauend aufgesehn,
Und andre, neue Bilder zogen,
Ihr fremd, herauf in weitem Kranz
Und leuchteten am Himmelsbogen
Mit einem wunderbaren Glanz.
Sie blickt' empor, von frommen Schauern
Bis in der Seele Grund erfüllt,
Als würd' ihr von Vergehn und Dauern
Ein dämmernd Ahnen jetzt enthüllt.
Und als am Horizonte flimmernd
Das Kreuz des Südens sich erhob,
War's ihr, als ob von oben schimmernd
Ein gläubig Hoffen sie umwob.
Auch die befahrne Mannschaft freute
Des Sternbilds tröstlich klares Licht,
Als wenn es Segen niederstreute, —
Wer's wiedersah, dem bangte nicht.

Bald kam der Tag, die große Stunde,
Berechnet nach Besteck und Uhr,

Wo über bergestiefem Grunde
Das Schiff durch den Äquator fuhr.
Da machte man nach altem Brauche
Das Deck zur Linientaufe klar,
Daß Jeder einmal untertauche,
Der auf dem Strich ein Neuling war.

Auch Ingborg mußte sich bequemen
Sammt Heiko zu dem Spuk und Graus,
Die Mannschaft ließ es sich nicht nehmen,
Schlug jede Lösung lachend aus.

Mit Dreizack und papierner Krone
Kam über Bord der Gott Neptun
Und kündete von hohem Throne
Sein allergnädigstes Geruhn.

Und schalkhaft thaten die Matrosen
Mit freien Sprüchlein, was erlaubt,
Doch netzten sie der Willenlosen
Und ihrem Sohn nur leicht das Haupt.

Die Unbefahrnen doch und Jungen,
Die wurden anders angesehn
Und hatten alle nothgedrungen
Ein kräftig Sturzbad zu bestehn.

Dann gab es Mummenschanz und Spiele,
Ein gut Getränk auch nach Begehr,
Und auf der Jungfrau flottem Kiele
Ging's heute laut und lustig her.

Das Schiff war zu des Erdenballes
Südlicher Hälfte nun gelangt,
Es kam die Zeit des Regenfalles
Und das, wovor dem Seemann bangt,

Windstille kam; die Segel hingen
Schlaff an den Raaen, wie nun auch
Die Maaten an zu pfeifen fingen,
Den Wind zu locken, nicht ein Hauch
Erhob sich, keine Katzenpfote
Nur leichthin übers Wasser sprang,
Daß manchmal eine böse Note
Der Steuermann mit Fluchen sang.
Doch dann entluden sich auch wieder
Gewitter, zum Entsetzen schwer,
Und Regen strömt' und stürzte nieder
Gleich einer Sindfluth in das Meer.
Sturmböen brachen aus den Lüften
Mit kurzen Stößen rasch herbei,
Es roch an Bord nach Schwefeldüften,
Und auf den Toppen hoch und frei
Erschienen, leuchtend eine Weile,
Elmsfeuer, blendend oder fahl,
Und flackerten in Kerzenfeile
Gleich einem breiten Flammenstrahl.
Dann aber ward es wieder stille
Und blieb es manchen langen Tag,
Im Ruder war nicht Kraft, nicht Wille,
Als ob man hier vor Anker lag.
Endlich, gemäß den Wetterregeln,
Schwang sich das Schiff aus träger Ruh
Mit kaum geschwellten Obersegeln
Dem Wendekreis des Steinbocks zu.

XI.

Am Cap der guten Hoffnung.

Nach Süden, nach Süden und immer nach Süden!
Wie weit noch vom Cap? wie dicht schon davor?
Mit Augen, ach! schlummerlosen und müden,
Blickt' Edzard zu den Sternen empor.
Tagtäglich nahm er in Erregung
Berechnend auf des Schiffes Stand
Und maß Geschwindigkeit und Bewegung
Am Logg, oftmals mit eigner Hand.
Und wie es ihm Angst in die Seele jagte,
Ertönte der Ruf jetzt: „Segel in Sicht!"
Bis ihm ein Blick durchs Fernrohr sagte:
Die holländer Flagge führt es nicht.
Kaum kam er noch herunter vom Decke,
Voll fiebernder Unrast in Blut und Bein,
Und doch war's noch eine ziemliche Strecke
Bis zu dem furchtbaren Stellbichein.
Je weiter nach Süden jedoch, je trüber
Ward seine Stimmung von Tag zu Tag,
Bei Ingeborg selbst ging nicht vorüber
Die Wolke, die auf der Stirn ihm lag.
Meist war er stumm, in Schwermuth versunken,

Dann wieder mit stürmischer Zärtlichkeit
Umfaßt' er sie, so von Liebe trunken,
Als hätt' er sie vorige Woche gefreit.
Und sie, bisher an seiner Seite
So dankbar, daß er sie mit sich nahm,
So glücklich, daß sie in seinem Geleite
Die herrliche Fremde zu sehen bekam,
Sie wußte nicht, was sie denken sollte
Von ihrem gänzlich verwandelten Mann,
Den sie nicht irren und stören wollte;
Aber sie saß und grübelt' und sann.
Sie glaubt', im Dienst des Schiffes wäre
Nicht Alles nach seinem Wunsch und Sinn,
Und er gäbe sich, sorgend um Wohl und Ehre,
Noch größrer Pflichterfüllung hin.
Sie fragte nach seinen Schwierigkeiten,
Er meinte, die kämen auf jeder Fahrt,
Die Meeresströmung in diesen Breiten
Erheischte Vorsicht besonderer Art.
Er sagte das, um ihr auszuweichen,
Sie sah es, wie das Blut ihm stieg,
Und merkt' auch noch an andern Zeichen,
Daß er ihr Widriges verschwieg.
Schon mehrmals, wenn sie an Deck gekommen,
Ihm Trost zu spenden oder Muth,
Hatte verwundert sie wahrgenommen,
Daß traurig sein Blick auf ihr geruht.
Traf ihr Blick seinen, ward er verlegen,
Als fühlt' er ertappt sich und überwacht,
Schnell sucht' er Unterhaltung zu pflegen,
Um abzulenken ihren Verdacht.

Sie aber wußte sich nicht zu deuten,
Mit welchem Kummer sein Herz erfüllt,
Den auszusprechen die Lippen sich scheuten.
War das nicht grade wie auf Sylt,
Wo auch ein Leid unausgesprochen
Er hielt in seiner Seele versteckt
Und mit sich trug durch lange Wochen,
Bis selbst sie sein Geheimniß entdeckt,
Den Drang hinaus in die Meeresweiten,
Und sie sich freudig ihm erbot,
Ihn in die Ferne zu begleiten,
Mit ihm zu theilen Gefahr und Noth?
Wie glücklich war er da gewesen,
Wie herzlich hatt' er's ihr gedankt,
Daß sie ihm von den Augen gelesen
Sein Sehnen, das er zu sagen geschwankt!
Was konnt' ihn peinlich jetzt berühren?
Erreicht war seines Wunsches Ziel,
Er hatt' ein großes Schiff zu führen
Und Weib und Kind auf seinem Kiel.
Und dennoch war er nicht zufrieden?
Was blieb ihm zu wünschen übrig noch?
Hatte sein Herz jetzt anders entschieden?
Fühlt' er auf seinem Nacken ein Joch,
Daß er von ihr sich ließ bewegen,
Sie mitzunehmen als störenden Gast?
Oder war sie auf Wegen und Stegen
Ihm in Ostindien vielleicht zur Last?
Sie hört' ihn einst im Traume sprechen:
„Das Cap! das Cap! nun mußt Du fort!"
Und dann ein Stöhnen zum Herzzerbrechen

Und noch manch unverständlich Wort.
Hieß das nicht all ihr Glück begraben?
Hieß das nicht zweifeln an seiner Treu?
Sie mußte Gewißheit darüber haben, —
Heraus mit der Sprache, mit Meinung und Reu!
Sie stellt' ihn zur Rede: „Edzard, bekennen
Sollst Du mir jetzt! wir müssen gewiß
Am Cap der guten Hoffnung uns trennen;
Sag's offen: ich bin Dir ein Hinderniß
Auf Deiner Fahrt, in Deinen Geschäften,
Und Deine Verlegenheit ist groß;
Zwar Du verbirgst mir's mit allen Kräften,
Doch merk' ich's: Du wärst mich gerne los.
Laß mich am Cap mit Heiko bleiben,
Derweilen Du nach Ostindien schwimmst,
Wir werden uns schon die Zeit vertreiben,
Bis Du heimkehrend uns mit Dir nimmst."
„Uns trennen am Cap?" — er fühlte sich beben
Und wagte nicht ein entschiedenes Nein,
Er sah über seinem Haupte schweben
Das Damoklesschwert am Haare, so fein,
Daß nur ein leiser Anstoß genügte,
Ein Wort noch, und es stürzte herab,
Sein Herz durchbohrend, das gramzerpflügte.
Noch einmal sprach er: „Uns trennen am Cap?
Wie kommst Du darauf? hat den Gedanken
Ein Wunsch in Deiner Seele geweckt?
Hat in des Schiffs ruhlosem Schwanken
Ein böser Traum Dich Nachts erschreckt?"
Sie schüttelte leise das Haupt und sagte
Ihm nichts von seinem eigenen Traum,

Ein stummer, flehender Blick nur fragte:
Hab' ich in Deinem Herzen noch Raum?
Dann warf sie sich mit raschem Bewegen
Ihm an die Brust und schluchzt' und schrie:
„Und ging' ich mit Dir dem Tod entgegen,
Behalte mich bei Dir! verlaß mich nie!"
Heiß ward ihm und kalt bei ihrem Gebaren,
Und daß sie ahnte ihr grausig Geschick,
Doch schwieg er auch jetzt, um ihr zu ersparen
Den Schmerz bis zum letzten Augenblick.
Wie fürchtend, daß sie ihm Einer entführe,
Umschlang er sie, sprechen doch konnt' er nicht, —
Da klopft' es an die Kajütenthüre:
„Herr Kapitän, ein Segel in Sicht!"
Bleich wie die Leinwand flog er zur Stelle,
Das Fernrohr schwankt' ihm hin und her
Vorm Auge, bis er in deutlicher Helle
Die spanische Flagge sichtet' im Meer.

Längst war den Offizieren verdächtig
Des Kapitäns Beflissenheit,
Wenn er erschöpft und übernächtig
Mehr that als Pflicht und Schuldigkeit.
Doch Keiner wußte zu verschmelzen
Sein Wesen mit der Angst und Hast,
Als sucht' er von sich abzuwälzen
Bedrückende Gewissenslast.
Er führte doch nicht Konterbande,
Daß er vor jedem Schiff erschrak
Und weit genug entfernt vom Lande
Stets hinter dem Oktanten stak?

War er doch früher unverdrossen,
Freundlich und sicher, durch nichts bethört,
Und nun auf einmal so verschlossen,
Trübsinnig, finster und verstört.
Und wie die Offiziere staunten,
Daß er verloren die Seelenruh,
So saßen die Matrosen und raunten
Sich abergläubische Dinge zu.
„Ein Weib an Bord will nimmer taugen,"
Sprach Einer in dem Meinungsstreit,
„Sie nimmt dem Mann mit ihren Augen
Auf See die rechte Stetigkeit."
„Was Weib!" ließ sich ein Andrer hören,
„Ich sage: Schlimmres ist geschehn,
Der Kapitän — ich will drauf schwören —
Hat den Klabautermann gesehn.
Und wer den sieht am Bugspriet hocken,
Und wie er durch die Wanten schnellt
Die Raaen lang bis zu den Nocken,
Mit dem, sag' ich, ist's schlecht bestellt."
„Und dann - Elmsfeuer auf den Masten!"
Ward von dem Dritten aufgetischt,
„Dem Kapitän oder den Gasten
Bringt's Unheil; nun hat's ihn erwischt."
So spannen sie ihr Garn aus Mären
Mit abenteuerlichem Sinn,
Und weiter zog in seinen Sphären
Das Schiff nach Süden, nach Süden hin.

Edzard befahl jetzt, schwer beklommen,
Den Kurs Süd=Ost zum Ost, weil dort,

Wie er die Gissung aufgenommen,
Das Cap lag von des Schiffes Ort.
Die steifgeholten Taue zogen
Die Raaen mit der Segel Last,
Die Jungfrau schwenkt' in kurzem Bogen
Und lief nun hart am Winde fast.
Nun handelt' es sich noch um Tage,
Nur um des Windes Kraft allein
Bis zu der Stunde Glockenschlage,
Und das Verhängniß brach herein.
Bald hoben höher sich die Wellen,
Weil's stärker schon und stärker blies,
Die Segel hin zum Cap zu schwellen,
Das einst das Cap der Stürme hieß.
Als eines Morgens Edzard wieder
Mit Ingborg an der Rehling stand,
Ertönte von der Vormars nieder
Der Ruf: „Zwei Strich an Backbord Land!"
Edzard erschrak, ins Herz getroffen
Vom Ruf aus des Matrosen Mund, —
O sänke jetzt doch wie sein Hoffen
Auch gleich das Schiff zum tiefsten Grund!
Mit scheuem Blicke sagt' er leise,
Fast tonlos: „Ingborg, — das Cap!"
Ihr däuchte seltsam Wort und Weise,
Noch mehr sein Blick, und — „Komm hinab!"
Sprach er noch dumpfer. Rollt' und schwankte
So heftig denn des Schiffes Bau,
Daß selbst der Kapitän jetzt wankte,
Als er hinabging mit der Frau?

„Setze Dich!" sprach er in der Kajüte,
Und Ingeborg that nach seinem Geheiß,
Sie war bestürzt, todbang im Gemüthe,
Ihm auf der Stirn stand kalter Schweiß.
Er suchte nach Worten und fand sie nicht,
Er schlug die Hände vors Angesicht,
Rannt' in der Kajüte hin und her,
Ein Seufzen und Stöhnen, unsagbar schwer,
Drang ihm aus der stürmenden Brust hervor.
Ingeborg schnellt' in dem Stuhl empor,
Da warf er sich nieder vor ihr aufs Knie,
Mit bebenden Armen umklammert' er sie:
„Ingborg, ich hab' ein Verbrechen begangen
Und muß noch ein Verbrechen begehn;
Rath' es! ich weiß es nicht anzufangen,
Das Ungeheure Dir zu gestehn."
Er zitterte, wie vom Fieber geschüttelt,
Er barg das Haupt in ihrem Schoß,
Er ächzt' und schluchzte, gefoltert, gerüttelt,
Als löste die Seele vom Leib sich los.
Sie nahm in die Hände sein ruhendes Haupt
Und flehte, fast selber der Stimme beraubt:
„Edzard, o mach' ein Ende der Qual
Und sage mir Alles mit einem Mal!"
Da hob er das Antlitz und blickte sie an,
Daß ihr das Blut in den Adern gerann;
Noch wollt' es ihm von den Lippen nicht fort,
Aber sie ahnt' es, das schreckliche Wort,
Das Wort der Trennung auf sein Gebot.
Doch Edzard rief: „Er ist n i c h t todt,
Von dem Du's glaubst, van Straten l e b t!

Er fordert Dich von mir, er strebt
Zu Schiff heran und holt Dich ab
Dort, an der guten Hoffnung Cap!"
Er hatt' es verzweifelt herausgeschrie'n,
Sie blickte stumm und versteinert auf ihn,
Sie wußte nicht, ob sie recht gehört,
Ihr Herz war starr, ihr Sinn gestört;
So saß sie da und regte sich nicht,
Im glasigen Auge kein Lebenslicht.
Doch endlich kämpft' aus der Brust sich frei
Ein marterschütternder Jammerschrei,
Der war die Erlösung in ihrem Schmerz,
Sonst wär' ihr in Stücke gebrochen das Herz.
Sie rang nach Athem, ihr Busen schwoll,
Die Augen standen von Thränen voll.
Mit krampfenden Fingern hielt sie umspannt
Des Knieenden Hände, noch wie gebannt
Von eines bösen Zaubers Beschwören.
Und Edzard fragte: „Willst Du mich hören?"
Sie nickte stumm, und er begann:
„Es war in Bahia, da traf ich ihn an
In einem Gasthaus; er drängte zum Spiel
Mit aller Gewalt und wagte viel;
Ich aber gewann, und je mehr er verlor,
Je wilder brach seine Wuth hervor.
Den Ring auch gewann ich, Deinen Ring,
Als andres Gold schon nicht mehr ging;
Und als der fort war, ganz zuletzt,
Da hat er Dich auf die Karte gesetzt, —
‚Drei Jahre geb' ich Dir Ingborg Preis,
Gewinnst Du!‘ schrie er mein Sträuben nieder,

‚Auf hoher See hol' ich sie wieder,
Am Cap der guten Hoffnung sei's!'
Die Karte schlug, und Du warst mein!
Drei Jahre solltest mein eigen Du sein! —
Ach, Ingborg! Ingborg, ich liebte Dich,
Kein andrer Weg für Dich und mich,
Uns zu besitzen und glücklich zu werden!
Nur so gewann ich den Himmel auf Erden,
Gewann ihn in einem verruchten Spiel,
Aber ich kam ans ersehnte Ziel;
Laß mich Verzeihung im Blicke lesen!
Ingeborg, sind wir nicht glücklich gewesen?"
Sie blickt' ihn an mit Augen groß,
„Das also," rief sie, „ist mein Loos:
Zuerst verkauft und dann verspielt,
Als ob man ein Ding auf Vorrath hielt,
Das man verschachern und wechseln kann
Für baares Geld von Mann zu Mann!
O Schimpf und Schand und ewige Schmach!
Und Niemand, der ihn niederstach,
Den Schurken, der sein Weib versetzt,
Wie ein Dukaten den andern hetzt?
Und Edzard, Du! der mich betrog,
Der jenes Buben Tod mir log,
Was hast Du im Herzen von mir gedacht,
Als Du mir falsche Botschaft gebracht?
Ja, wärst Du gekommen mit seinem Schein,
‚Drei Jahre sollst Du mein eigen sein!' —
Ich hätte den Wisch in Stücke zersetzt,
Verächtlich den Fuß darauf gesetzt,
Aber von Jenem mich losgesagt,

Hätte mein Ein und Alles gewagt,
Nicht auf drei Jahr, auf Tod und Leben
Hätt' ich mich Dir zu eigen gegeben.
Dein bin ich gewesen mit Seel und Leib,
Edzard, vor Gott bin ich Dein Weib!
Und kommt der Unmensch hier in Sicht, —
Lebendig, Edzard, kriegt er mich nicht!"
Das Antlitz verhüllte sie bebend sich
Und weinte, weinte nun bitterlich.
Edzard ließ ihren Thränen den Lauf,
Doch endlich richtet' er leis sich auf,
Zog ihr die Hände vom Antlitz fort:
„Ingeborg, sag' mir ein einzig Wort,
Sage mir, warst Du glücklich mit mir?"
Sie fiel um den Hals ihm, erdrückt' ihn schier
Und küßt' ihn lang und küßt' ihn heiß:
„Glücklich, Edzard? daß Gott es weiß!
Alles, Alles, verzeih' ich Dir,
Aber trenne Dich nicht von mir!
Laß uns dem Fürchterlichen entrinnen,
Laß uns ein neues Leben beginnen,
Setze Segel an alle Masten,
Laß uns nicht ankern, laß uns nicht rasten,
Bis wir landen, wo nichts uns droht,
Nichts, als Arm in Armen der Tod!"
Bis in die tiefste Lebensspur
Erschüttert sprach er: „Ich that den Schwur,
Daß ich Dich Jenem wiederbringe,
Und wenn ich daran zu Grunde ginge!
Ingborg, ich gehe zu Grunde daran,
Weil ich nicht ohne Dich leben kann,

Doch über das gegebene Wort
Hilft keine Macht der Welt uns fort."
Da ward sie eisesstarr und bleich:
„So geh' an Deck, mach' mich nicht weich;
Eh' Du mein letztes Wort vernommen,
Muß mit mir selbst zum Entschluß ich kommen;
Nein, sieh mich nicht so fragend an,
Du findest mich hier wieder, mein Mann!"
Sie reicht' ihm die Hand, still ging er weg,
Und festen Schrittes stieg er an Deck.

XII.

Mann über Bord!

———

Jngborg war bis ins Mark getroffen,
Vernichtet von des Schicksals Schlag
Und wissend, daß sie nichts zu hoffen
Mehr hatte, nichts mehr vor ihr lag,
Als Eines nur, dem sie mit Grauen
Entgegen sah; wie sollte hie
Sie noch auf eine Zukunft bauen?
Wo war denn Zukunft noch für sie?
Trennung von Ebzard lange Wochen,
Das war's, worum sie Bange trug;
Und nun? auf ewig abgebrochen
Die Brücke, die die Liebe schlug!
Hatt' er gefehlt, hatt' er gesündigt,
Als täuschend mit der Wahrheit Schein
Er ihr des Andern Tod verkündigt,
Um selber ihrer froh zu sein?
That er's, so that er es aus Liebe,
In Ungewißheit nur verzagt,
Wie weit sie selbst die Sehnsucht triebe,
Hätt' er die Wahrheit ihr gesagt.
Ihr wuchs empor aus seiner Lüge

Das Glück, sie mußt' ihm dankbar sein
Und widmet' ihm statt einer Rüge
Der Liebe völliges Verzeihn.
Jetzt aber hieß es Abschied nehmen,
Abschied auf ewig! nach dem Glück
An Edzards Brust, das wie ein Schemen
Dahin schwand, wiederum zurück
Zu jenem Andern, — den Gedanken
Ließ sie nicht ein zu Halt und Heg,
Da war kein Wanken mehr und Schwanken,
Für sie gab es nur einen Weg.
Sie war entschlossen, ihn zu gehen,
Und nicht mit bang versuchtem Schritt,
Mit raschem Sprunge sollt's geschehen
Und ohne Säumen, denn es litt
Sie keinen Tag im Leben länger;
Die nächste Nacht schon sollt' es sein,
Wo's Niemand sah, und eh' der Dränger
Ankam und pocht' auf seinen Schein.
Frei war sie dann von Schmach und Schande
Vor dem, der schnöde sie verspielt,
Und los und ledig aller Bande,
Mit denen er sie zwingend hielt.
Sie sah ihn vor sich; da durchliefen
Als wie vor einer Schreckgestalt
Angstschauder sie vor seiner tiefen,
Wahrhaft dämonischen Gewalt.
Doch wie vorm Tragen seiner Ketten,
Vor Allem, was von ihm ihr droht,
Sich anders flüchten, anders retten,
Als durch freiwillig raschen Tod?

Sie hörte durch die Schiffswand klingen
Der Wellen Lied, es sang ihr zu:
Komm nur, wir wiegen Dich und bringen
Still Dein gebrochnes Herz in Ruh.

Noch lange saß sie ohne Regung,
Ließ, mit sich fertig, ohne Streit,
In schmerzlicher Gemüthsbewegung
Vorbeiziehn die Vergangenheit.
Drei Jahr des Glückes und der Liebe!
Und noch so jung, so lebensfroh!
Wie gern, wie herzlich gerne bliebe
Sie noch vereint mit Edzard so!
In ihre Trennung sich zu fassen
Von ihm, war für sie Schicksalsspruch,
Nur auch ihr liebes Kind zu lassen,
Schien ihr Verrath und Treuebruch.
Doch es dem Andern übergeben,
In des Verruchten Rächerhand?
Niemals! mit Edzard sollt' es leben
Als ihrer treuen Liebe Pfand.
Sie ging mit schauerndem Gefühle
Schnell in die Koje nebenan,
Wo Heiko schlief auf seinem Pfühle,
Und manche heiße Thräne rann
Ihr aus den Augen stumm hernieder.
Sie nahm ihn auf, vom Schlafe warm,
Und herzte seine runden Glieder,
Daß er erwacht' in ihrem Arm.
Und er, erfreut von dem Umfangen,
Erstaunt ob ihrer Thränen Fluth,

Strich mit den Händchen ihr die Wangen:
„Nicht weinen! Heiko ist Dir gut."
Sie küßt' ihn, kleidet' ihn, bezwingend
Gewaltsam ihrer Thränen Lauf,
Und Schmerz und Schwachheit niederringend,
Stieg sie mit ihm zum Deck hinauf.

Das Cap lag nördlich jetzt vom Stande
Des Schiffes, denn nicht angelegt
Ward dort, man kreuzte, fern vom Lande,
In einer See, die stark bewegt.
An Bord die Offiziere stutzten,
Daß in die Bai nicht Edzard lief,
Doch ihre Vorstellungen nutzten
Zu nichts, der Kapitän berief
Sich darauf, daß er längst gesichtet
Nach einem Schiff, in dessen Hut
Er abzuliefern sei verpflichtet
Ein ihm daheim vertrautes Gut.
Doch dafür theilt' er ihre Wachen,
Kam jetzt des Nachts auch oft an Deck,
Ließ sich von Allem Meldung machen,
War bald am Bug und bald am Heck.
Denn jede Stunde konnte bringen
Van Stratens Schiff an diesen Ort,
Und Edzard hörte schon erklingen
Zum Beidrehn das Kommandowort.
Drei Jahre waren jetzt verflogen
Seit jener Nacht am Pharotisch, —
„Gieb her Dein Glück!" rief aus den Wogen
Ein gierig züngelndes Gezisch.

Stets näher rückte, was ihm drohte,
Der letzte Händedruck und Kuß,
Der letzte Blick noch aus dem Boote, —
Lebwohl! lebwohl! dann End' und Schluß!
Er, nah daran, zu unterliegen
Dem Schmerz, sah keinen Hoffnungsstrahl,
Verwegene Gedanken stiegen
Ihm auf in der Verzweiflung Qual.
Wenn hin er vor van Straten träte:
„Laß mir Dein Weib für all mein Gut!"
Wenn er auf seinen Knien ihn bäte:
„Gieb Ingborg frei auf Sand und Fluth!?"
Jedoch — er hört' ein höhnisch Lachen
Und einen teuflisch wüsten Fluch;
Er könnte Felsen schmelzen machen,
Eh' daß ihm glückte der Versuch,
Den finstern Unhold zu bewegen
Zu einer edelmüth'gen That,
Der in Gedanken ihm entgegen
Als Ausgeburt der Hölle trat.
Doch wie, wenn er den Pakt erfüllte,
Ihm Ingborg brächte, wortgetreu,
Und dann ihm seinen Will'n enthüllte,
Zum Kampf ihn fordernd, sie aufs Neu
In offner Seeschlacht zu gewinnen,
Schiff gegen Schiff, in heißem Drang,
Und keinen Frieden, kein Entrinnen
Bis zu des Einen Untergang?
Das — o mein Gott! wie eingegeben
Von oben bietet sich's ihm dar, —
Um Ingborg kämpfen! — ein Freudebeben

Durchfährt ihn, — Alles sieht er klar.
Geschütze hatt' er, der Piraten
Sich zu erwehren, Pulver auch
Und Blei genug, sich mit van Straten
Zu messen bis zum letzten Hauch.
Auf seine Mannschaft konnt' er zählen,
Die gab mit Freuden ihm ihr Blut;
Wie spürt' er jetzt sein Herz sich stählen!
Wie ward ihm froh und frei zu Muth!
Es mußte glücken! er bekriegte
Den Feind, sein Liebstes zu befrei'n,
Und wenn er siegte, — wenn er siegte, —
War Ingeborg zeitlebens sein!
Er ging, zu ruhn, hinab vom Decke,
Befahl jedoch zu Dienst und Pflicht,
Daß man um Mitternacht ihn wecke, —
Ihn wecken! ach! er schlief ja nicht.

Auch Ingborg in den kurzen Stunden
Schlief nicht, und als das Zeichen klang,
Hielt sie mit Armen ihn umwunden
Und küßt' ihn heiß minutenlang.
Auf seinen Lippen fühlt' er's schweben:
Ich liefre Dich nicht aus, mein Weib!
Ich kämpf' um Dich auf Tod und Leben,
Ingborg, Du bleibst, wo ich verbleib'!
Er sprach sie aber nicht, die Worte,
Die tröstlichen zu ihr, er ging,
Den Kopf voll Pläne, durch die Pforte
Hinauf an Deck. Der Himmel hing
Voll Wolken, nur zuweilen schaute

Der Mond hervor mit mattem Schein,
Daß kaum das Meer davon ergraute,
Dann hüllt' es Dunkel wieder ein.
Von Süd kam eine frische Kühlte,
Die zwar nur wenig Segel fand,
Doch in den Wellen rauschend wühlte,
Daß eine hohe Deinung stand.
Das Schiff fuhr mäßig schnell gen Osten,
An Bord war Alles wohlbestellt,
Die Wachmannschaften auf den Posten,
Das Kompaßhäuschen gut erhellt.
Edzard mit muthigen Gedanken
Sah sich schon im Gefechte stehn,
Mit seinen Tapfern ohne Wanken
Dem Gegner scharf zu Leibe gehn.
Sein ruheloses Schreiten hallte
Deckauf, deckab am Steuerbord,
Als plötzlich laut vom Heck erschallte
Der Schreckensruf: „Mann über Bord!“
Blitzrasch, jedoch besonnen tönten
Edzards Befehle durch die Nacht
Und wurden von Gefahrgewöhnten
In einem Augenblick vollbracht.
„Ruder in Lee! — Luvachterbrassen!“
Fast steht das Schiff an seinem Ort, —
„Boot zu Wasser!“ hinabgelassen
Und flugs bemannt, schießt's eilend fort.
's ist Alles an Deck, von Rehling und Wanten
Späh'n sie hinaus auf die dämmrige See,
Mit scharfen Blicken und angstgespannten
Absuchend die schwingenden Wellen in Lee.

Ein langes, banges Hoffen und Harren, —
Ob sie ihn finden, den armen Wicht?
Endlich ertönt der Riemen Knarren,
Das Boot kommt wieder, — sie haben ihn nicht.
Mit schwerem Herzen den Kameraden,
Und wär' es der Letzte von Allen an Bord,
Aufgebend in dem Kurs, dem graden,
Spricht der Kap'tän das Kommandowort.
Wer aber ist's von Allen gewesen,
Den sich als Opfer die See gewählt?
Zur Musterung werden die Namen verlesen, —
Sie antworten Alle, nicht Einer fehlt.
„Wer rief? wer ließ die Angst uns kosten?"
Der Mann tritt vor, — „Ich, Kapitän!"
„Hast Du geträumt auf Deinem Posten?"
„Nein, Kapitän, ich hab's gesehn,
Backbord am Heck ging Einer über,
Mit meinen Augen sah ich's doch!"
    „Du Narr! Du Thor, blödsinnig trüber!
Hier stehen Alle, — was willst Du noch?"
    „Kap'tän, — ich habe ‚Mann‘ gerufen,
‚Mann über Bord!‘ doch könnt's auch sein . . ."
    „Barmherziger Gott!" hinab die Stufen
Fliegt Edzard, — „mein Weib!!" hört man ihn schrei'n.
Er stürzt zur Kajüte mit brennendem Hirne,
Ins Schlafgemach, — das Bett ist leer;
Ihm schlottern die Knie, er preßt sich die Stirne,
Er ruft, er sucht, er leuchtet umher, —
„Ingeborg! Ingborg, mein Licht und Leben!
Höre mich! rufe nur einmal mir zu! —"
Sie konnt' ihm nicht mehr Antwort geben,

Die Wogen trugen ihr Herz zur Ruh.
Er stürmt an Deck, ihr nachzuspringen,
Doch weit ist's schon, wo sie versank;
Sie mußten ihn halten, mußten ihn zwingen,
Sie glaubten, sein Geist sei wirr und krank.
„Laßt los!" befahl er, „ich will es tragen,
Noch ist für mich nicht Sterbens Zeit,
Ich habe noch Einem ein Wort zu sagen,
Eh' ich ihr folg' in die Ewigkeit."
Dann wankt' er, seiner selbst vergessen,
In die Kajüt' hinab und saß
Dort in dem Sessel, wo sie gesessen,
Als sie ihr Thun und Lassen ermaß.
Er hatt' ihr nicht von den Augen gelesen,
Wozu sie Nachts ihn heiß umfing, —
Es war ihr letzter Kuß gewesen,
Als er von ihr zur Wache ging.
Und das im selben Augenblicke,
Wo neue Hoffnung ihn durchdrang,
Und sie, verzweifelnd am Geschicke,
Entschlossen war zum Todesgang!
O hätt' er ihr von Kampf und Streite
Gesagt, wie er's im Sinne trug!
Sie wäre nicht von seiner Seite
Geflohn, wenn er für sie sich schlug. —

Lang saß er noch, fuhr dann erschrocken
Empor, — „Heiko! nahm sie ihn mit?"
Er fühlte das Blut im Herzen stocken,
Trat in die Koje mit leisem Schritt, —
Da lag der Knabe, schlafumflossen,
Und ahnungslos hielt seine Hand

10*

Das Tuch von Ingeborg umschlossen
Mit jenem Häuschen Dünensand.
Er warf sich hin, barg in den Kissen
Das Haupt, geknickt an Seel' und Leib,
Und weinte, weinte schmerzzerrissen
Ach! um sein schönes, blondes Weib.

XIII.

Im Süden.

———

Die Jungfrau kreuzt, halbstocks geheißt
Die Flagg' am Topp fortan,
Ihr Bugspriet jetzt nach Osten weist
Und wieder nach Westen dann.
Bedrückt an Bord sind alle Mann,
Sie lugen aus und seh'n
Sich stumm und traurig fragend an:
Was macht der Kapitän?
Sie sahen nicht sein Angesicht
Seit jener Schreckensnacht,
Wie er es trägt, sie wissen's nicht,
Nicht, wie er die Zeit verbracht.
Doch sehen sie vor Augen noch
Die schöne, blonde Frau,
Sie glauben's nicht und wissen doch,
Wohin sie ging, genau.
Ihr Blick, so hell und strahlend, drang
Jedeinem in die Brust,
Und ihrer Stimme froher Klang
War Allen eine Lust.
Was trieb sie in den Tod hinein

Aus ihres Gatten Arm?
Sie schienen glücklich doch zu sein
Und frei von Sorg' und Harm.
Welch finstre Macht hat den Entschluß
Zur That ihr eingeflößt?
Woher der Lebensüberdruß?
Das Räthsel blieb ungelöst.
Und nun hier kreuzen her und hin
Ohn' End' und ohne Ziel,
Einfältig schlichtem Seemannssinn
War's einzusehn zu viel.
Sie fragten nicht und murrten nicht,
Gehorchten streng und stumm,
Doch wie ein göttlich Strafgericht
Ging's ihnen im Kopf herum.
Das Schiff war wie in Bann gethan,
Als wär's entweiht durch Mord,
Als schlich' einher ein finstrer Wahn
Auf seinem breiten Bord.
Und eine düstre Ahnung wand
Sich aus dem Raum empor,
Als stünd' ihm aus des Schicksals Hand
Das Schlimmste noch bevor.

Edzard, die Augen thränenlos,
Saß in der Kajüt' allein,
Sich seinem Schmerz, unfaßlich groß,
Hingebend schloß er sich ein.
Er war vom Wirbel bis zur Zeh
So ganz davon erfüllt,
Als hätte sich ihm der Menschheit Weh

In Ingeborgs Tod enthüllt.
Zuweilen nur, wie Mondespracht
Aus dunkeln Wolken bricht,
Drang ihm in seiner Seele Nacht
Eines linden Trostes Licht.
Viel besser in der Meeresfluth
War Ingeborgs Sterben doch,
Als leben in des Andern Hut
Und unter seinem Joch.
Sie hatt' es selber ihm gesagt
Mit starrem Angesicht:
„Wenn jener Unmensch mich erjagt,
Lebendig kriegt er mich nicht!"
Auch Edzard mußte lieber sie
Auf tiefem, tiefem Grund,
Als daß sie mit dem Andern zieh'
Dahin ums Erdenrund.
Nie wieder könnt' er ruhig sein
Nur einen einzigen Tag,
In wunder Brust der Sehnsucht Pein
Bei jedem Herzensschlag.
Und immer dann das Wiedersehn
Erhoffen lebenslang
Vergeblich? lieber untergehn
Wie sie im Wogendrang!
Soviel der Schmerz ihn denken ließ,
Dacht' er an das zurück,
Was Ingeborg ihm war; jetzt hieß
Erinnrung all sein Glück.
Er dacht' an ihre schöne Gestalt,
So blühend und gesund,

An ihres Blickes Liebesgewalt
Und ihren süßen Mund.
Wie sie geküßt ihn und gedrückt
An ihre wogende Brust,
In alle Himmel ihn entrückt
In unaussprechlicher Lust.
Und Lieb' und Lust drei Jahre lang,
Drei Jahr mit ihr allein!
Und nun? — vorbei! das Meer verschlang
Seines Lebens Sonnenschein.

So saß er bleich und kummerschwer,
Hielt Heiko auf dem Schoß
Und ließ den Knaben nimmermehr
Aus seinen Armen los.
Von der geliebten Todten war
Dies Pfand, sie nahm's ihm nicht,
Wehmüthig schaut' er immerdar
In sein lieb Kindergesicht.
Denn Ingeborgs Züge fand er dort,
Die blauen Augen, den Mund,
Im Kinde lebte weiter fort
Der Beiden Herzensbund.
Wenn Heiko nach der Mutter frug,
Wies er zum Himmel empor;
Was er in seiner Seele trug,
War nicht für Kindesohr.
Und Keinem auf der weiten Welt
Konnt' er es anvertrau'n,
War ganz allein auf sich gestellt
In seines Schmerzes Grau'n.
Verzweifelt rang er innerlich,

Des Trauerns nimmer satt,
Und härmte sich und grämte sich,
Ward siech und todesmatt.

Schon eine Woche war verstrichen,
Seit Edzard einsam sich verschloß,
Und über Bord die Tage schlichen,
Wie Welle hinter Welle floß.
Die See war grau, der Himmel dunkel,
Es spiegelte sich Nachts im Meer
Kein Stern mit freundlichem Gefunkel,
Der Wind sprang unstät hin und her.
Durch Raa'n und Masten zog ein Dröhnen,
Im Tauwerk knarrt' und surrt' es dumpf,
Wie Seufzen klang es oder Stöhnen,
Es zitterte des Schiffes Rumpf.
Der Mannschaft schienen's böse Zeichen;
Zwar that ein Jeder seine Pflicht
Im Dienst, dem täglich immer gleichen,
Doch mit verdrießlichem Gesicht.
Sie wußten jetzt, zu welchem Zwecke
Sie kreuzen mußten hier am Cap,
Doch manch ein Auge sah vom Decke
Mißtrauisch zur Kajüt' hinab.
Da ließ bei dem, der lang gelitten,
Der erste Offizier an Bord
Um eine Unterredung bitten
Zu freiem und vertrautem Wort.
„Herr Kapitän," sprach er, „entgegen
Dem streng erlassenen Gebot,
Euch nicht zu stören, scheint verwegen

Mein Schritt und ohne rechte Noth.
Doch trieb es mich zu Euch hernieder,
Ich kann den Wunsch nicht länger still'n:
Kap'tän, nehmt das Kommando wieder
Um Eurer eignen Ruhe will'n!
Euch kommen andere Gedanken,
Wenn Euch die frische Luft umweht
Und Ihr auf den gewohnten Planken
Als unsres Schiffes Führer steht.
Wir Alle theilen Eure Schmerzen,
Die Mannschaft ehrt Eu'r tiefes Leid,
Doch Alle bitten Euch von Herzen,
Daß Ihr der Unsre wieder seid.
Zeigt Euch an Deck! laßt Euch beschwören!
Sprecht, kommandirt, was auch es sei,
Damit sie Eure Stimme hören!
Schafft Euch von Gram die Seele frei!"
Edzard reicht' ihm die Hand und sagte:
„Ich dank' Euch, Herr! Ihr meint es gut,
Allein so gern ich's selber wagte,
Noch fehlt mir dazu Sinn und Muth.
Drum habt Geduld, bis wir gefunden
Den, den ich suche Tag und Nacht!
Dann wird die Kraft mir schnell gefunden;
So lange kreuzt und gebet Acht!"
„Wie Ihr befehlt, Kap'tän! ich stehe
Für Alles ein, so gut ich kann,
Und wenn ich Hollands Flagge sehe,
So meld' ich's," sprach der ernste Mann.
„Noch Eins! wenn Ihr mir Zutraun schenket,
Gebt Heiko mir auf kurze Frist!"

„Nehmt ihn," sprach Edzard, „doch bedenket,
Daß er mein Ein und Alles ist!"
Der Offizier ging mit dem Knaben,
Und Edzard blieb nun ganz allein,
Von Schmerz erdrückt, in Leid vergraben
Und mit des Wartens Höllenpein.

Wo bleibt van Straten? die Frage schwirrte
Durch Edzards Kopf schon lang genug,
Von einer Vermuthung zur andern irrte
Sein grübelnder Gedankenzug.
Die Zeit war um, die unvergessen
Ihm ewig blieb, still stand die Uhr,
Die Lieb' und Glück ihm abgemessen,
Schwur aber hielt gebunden den Schwur.
Wortbrüchig van Straten? nicht zur Stelle,
Wo ihm sein Weib entgegenkam?
War dazu jedes Seglers Schnelle
Nicht noch zu langsam ihm und lahm?
Sollt' er jetzt ihrer nicht mehr begehren?
Ein Weib wie Ingeborg verschmähn,
Statt sie zu suchen auf allen Meeren,
In allen Zonen nach ihr zu spähn?
Schämt' er sich etwa, sie wiederzusehen,
Die er verrathen hat und verspielt?
Scheut' er sich, dem gegenüber zu stehen,
Der Ingeborg liebend in Armen hielt?
Oder war er, der Todtgesagte,
Nun wirklich todt?! — sich an die Stirn
Griff Edzard, den Gedanken wagte
Nicht auszudenken sein brennendes Hirn.

Was? dann wär' Ingborg umsonst — —? vor Grausen
Sträubte sich ihm auf dem Haupte das Haar, —
Nein! nein!! er fühlt' ein Sausen und Brausen, —
Das führte zum Wahnsinn, wär's wahr, wär's wahr!
Wild sprang er auf; — „Wenn sie noch lebte!
Wenn sie gewartet hätte so lang,
Wie unentschieden der Kampf noch schwebte,
Und besiegt erst gethan den schrecklichen Gang!
Niemals vielleicht! — mein wär' sie geblieben!
O ewiges Schicksal und Weltgericht,
Bringt mir van Straten, vom Sturme getrieben!
Alles ertrüg' ich, — das aber nicht!"
Er warf in den Sessel sich, kraftgebrochen,
Das Herz zerrissen, verwirrt der Sinn,
Kein Wort mehr hat er den Tag gesprochen,
Sank wie betäubt aufs Lager hin.

Nun tiefe Nacht; die Wellen wiegen
Den völlig Erschöpften zum ersten Mal
Wieder in Schlaf; Natur will siegen
Auch über die grimmigste Seelenqual.
Hat er auch Träume? kann er noch fassen
Irgend ein Bild mit des Lebens Schein?
Blühen empor ihm oder verblassen
Die Erinnrungen an Glücklichsein?
Ach, die ihm im Leben entschwunden,
Käme sie doch ihm zurück im Traum!
Hielt' er sie wieder mit Armen umwunden!
Säh' er sie stumm durchschreiten den Raum!
    Und sie kam. Dem Schlafbeglückten
Kam sie, dem von langer Pein

Sanft Erlösten, Gramentrückten
In die träumenden Sinne hinein.
Ueber seinem Bette schwebte,
Sichtbar ihm von Kopf zu Fuß,
Ingborg, wie sie leibt' und lebte,
Doch mit wehmuthvollem Gruß.
Ihre Gewänder wallten, flogen,
Flatternd weht' ihr offnes Haar,
Als wenn sie in Wind und Wogen
Wandelnd schritte wunderbar.
Langsam hob den Arm sie, mahnend
Wies gen Süden er gestreckt,
Gleich als hätte dorther ahnend
Sie des Unheils Nah'n entdeckt.
Traurig schien sie, schmerzumflossen,
Doch verklärt von mildem Licht,
Hielt mit tiefem Blick umschlossen
Des Geliebten Angesicht.
Stumm und wie in Leid erbebend
Winkte sie ihm mit der Hand,
Ihr zu folgen, dann entschwebend
Löste sie sich und verschwand. —

Ein trüber Morgen; die Luft ist schwer,
Wie Dunst und Nebel liegt's auf dem Meer.
Tief hängen die Wolken, gleich einer Wand
Steht's südlich über dem Wasserrand.
Da kommt ein Windstoß und wirbelt und fegt
Daß stärker sich die Fläche bewegt.
Nun rauscht es auf und spritzt und schäumt,
Wie sich am Bug die Welle bäumt;

Ein dumpfes Sausen wird in der Höh,
Durchs Tauwerk schwirrt und pfeift die Bö,
Hohl geht die See und murrt und grollt,
Wild stampft das Schiff und schlingert und rollt
Mit halben Segeln auf seiner Bahn,
Sturmvögel umkreisen Masten und Raa'n.
Die Offiziere berathen sich leise,
Und um den Großmast gewohnter Weise
Stehn die Matrosen und warten gelassen
Auf das Kommando zum Wenden und Brassen.
Noch ist im Norden das Cap in Sicht,
Noch ist die schützende Bucht zu erreichen,
Ehe der Sturm aus den Wolken bricht;
Aber die Minuten verstreichen,
Und kein Befehl kommt, klipp und klar,
Trotz augenscheinlicher Gefahr.
Wie sich nun Wolken auf Wolken thürmen,
Daß Alle sorgend nach Süden spähn,
Und es allmählich beginnt zu stürmen,
Erscheint an Deck der Kapitän.
Sie athmen auf; nun hat's kein Noth,
Er sieht es ja, was ihnen droht,
Gleich wird er das Kommando geben,
Nach dem schon Alle bangen und beben.
Mit einem langen Blicke schaut
Er weit hinaus, befiehlt dann laut:
„Nehmt Kurs nach Süd!" — Sie rühren sich nicht;
Hat der Verstand noch, der so spricht?
Nach Süd? nach Süden? dem Sturm entgegen?
Soll'n wir den Thoren in Fesseln legen?
Will er, verzweifelnd in Schmerzenspein,

Sich und uns Alle dem Tode weihn?
Doch er ist ruhig, bei kaltem Blut,
Man merkt, er weiß es, was er thut,
In seiner ganzen Haltung liegt
Die Willenskraft, die furchtlos siegt.
Und er ist Herr an Bord, da wagt
Niemand ein Wort, und Niemand fragt,
Niemand hat Meinung oder Wahl,
Folgsam geschieht, was er befahl.
Das Schiff in allen Fugen bebt,
Wie's vorn sich auf den Wogen hebt,
Es kämpft, und sollt' es verloren sein, —
Es steuert in den Sturm hinein.

Marssegel gereeft, Großsegel beschlagen,
Bramstengen gestrichen zu sicherer Hut,
So fliegt zu ungewissem Wagen
Die Jungfrau durch die tosende Fluth.
Hoch sprüht der Schaum von den brechenden Wellen,
Wie Nebeldampf zieht es einher,
Vom Winde getrieben, und nimmer erhellen
Will sich der Himmel über dem Meer.
Edzard, nicht achtend auf alle das Toben,
Macht eine Runde durchs ganze Schiff,
Durchmustert die Räume von unten bis oben
In Hast und Unruh, die ihn ergriff.
Dem forschenden Blicke kann nichts entgehen,
Und Manches tadelt sein strenges Wort,
Die größte Ordnung verlangt er zu sehen,
Als sollt' er Besuch empfangen an Bord.
Dann wieder wie vom Horst der Geier

Starrt er nach Süden, sorgerfüllt,
Doch von dem wässrig stäubenden Schleier
Wird ihm die Sicht in die Ferne verhüllt.
Mannschaft und Offiziere zwingen
Die Augen, müh'n sich hochgespannt,
Die dicke Luft scharf zu durchdringen,
Und schau'n nach vorwärts unverwandt.
Wie sie nun stehen, gischtumwallet,
Tönt von der Mars herab der Ruf,
Der Allen wie Erlösung schallet:
„Ho! Segel voraus! drei Strich in Luv!"
— „Endlich! er kommt! im Sturm gefahren!
Und Ingborg sah ihn!" Edzard spricht;
Die er gefürchtet hat seit Jahren,
Die Stunde naht, — jetzt bangt ihm nicht.
O könnt' er nun die Schlacht ihm bieten
Mit Ingeborg als Siegspanier,
Und wenn sie Raa an Raa geriethen,
„Hier ist sie," rufen, „hol' sie Dir!"
Wenn jetzt der Andere sein Eigen,
Sein Weib verlangt auf hoher See,
So will er auf die Wellen zeigen:
„Dort ruht sie, frei von allem Weh.
Ihr ganzes Sehnen, all ihr Lieben
War ich allein ihr Leben lang,
Du hast sie in den Tod getrieben
Aus unsers Glückes Ueberschwang!"

Im Sturm mit vollen Segeln tauchet
Ein Schiff dort aus der Wellen Schoß,
Undeutlich noch, von Dunst umhauchet,

Doch über alle Maßen groß.
Sie lugen Alle hin, zu sichten
Die Flagg' am Topp, doch grau in grau
Will's sich dem Blicke noch nicht lichten,
Seltsam scheint Takelung und Bau.
Da spricht nach schweigendem Besinnen
Der Steuermann: „Das ist kein Schiff,
Das ist mit Schroffen und mit Zinnen
Ein bergehohes Felsenriff."
„Nein! es bewegt sich, kommt gezogen,
Daß in den Kurs es uns geräth,"
Ruft Einer, „wenn wir nicht im Bogen
Ausweichen können, eh's zu spät!"
Sie streiten eifrig für und wider,
Sie entern in die Wanten, und —
„Ein Eisberg!" schallt es gellend nieder,
„Ein Eisberg!" hallt's von Mund zu Mund.
Und Allen grauset, denn verloren
Ist jedes Schiff, das er berührt,
Es hilflos in den Grund zu bohren,
Wenn Sturm es in die Nähe führt.
Doch Edzard, die Gefahr erschauend,
Bleibt ruhig und sein Auge hell,
Auf seine Seemannskunst vertrauend,
„Ruder hart Backbord!" befiehlt er schnell,
„Geitaue los! den Klüver nieder!
Luvbrassen!" tönt es fort und fort,
Geschwind wie eines Körpers Glieder
Thun alle Mann nach seinem Wort.
Kapitän und Offiziere fassen
Mit an die Schoten, stark bemannt,

Denn Keiner will vom Leben lassen,
Solang sich eine Sehne spannt.
Doch wehe! in des Sturmes Wüthen
Gehorcht das Schiff nicht Ruders Kraft;
Wie nun den Untergang verhüten,
Wenn Gott der Herr nicht Rettung schafft?
Und Schiff und Eisberg segeln beide
Im Winkel auf einander los,
Haarscharf wie auf des Messers Schneide
Droht schrecklich der Zusammenstoß.
Hoch aufgethürmt die Riesenlasten,
Schwimmt der Koloß und überragt
Um Vieles noch des Schiffes Masten,
Vom Schlag der Wogen rings benagt.
Ein Anblick ist es zum Erschauern,
Wie Silber flimmernd, bläulich weiß,
Stehn trotzig aufgebaute Mauern,
Gezackt, gespalten, starr in Eis.
Nach oben weithin überhänget
Der Massen ungeheure Wucht,
Umbrandet unten und bedränget,
Halb ausgehöhlt gleich einer Bucht.
So stürmt's daher mit tiefem Brausen,
Wächst himmelan auf seinem Gang,
In Riß und Schlot die Lüfte sausen
Wie dröhnender Posaunenklang.
Was Menschenkräfte noch vollbringen,
Geschieht an Bord in höchster Noth,
Allein umsonst ist all ihr Ringen,
Schnell, unabwendbar naht der Tod.
Die angsterfüllten Augen blicken

Empor zur fürchterlichen Wand,
Sehn sie schon wanken, sehn sie nicken,
Und muthlos sinket jede Hand.
Edzard steht regungslos, erblassend,
Bald frei nun von des Lebens Joch,
Heifo mit Armen fest umfassend, --
„Ingborg, ich komme!" ruft er noch,
Und dann — ein Anprall und ein Krachen,
Betäubender als Donnerhall,
Der Eisberg stürzt, gleich einem Rachen
Das Schiff begrabend unterm Fall.
Hoch spritzen auf die Wellenschäume,
Gewaltig wogt es weit umher;
Wo bliebt ihr nun, ihr Glücksträume? —
Versunken mit dem Schiff im Meer.

XIV.

Im Sturme.

Ein Leben war's in Saus und Braus,
Das der von Gier und Gluth Geschürte,
Van Straten, an Bord und im Bambushaus
Auf den malayischen Inseln führte.
Denn in Batavia nach langer Fahrt
Mit dem Kometen angekommen,
Hatt' er dort auch in alter Art
Sein wüstes Treiben aufgenommen.
Die große Stadt, so üppig schön
An inselreicher Bucht gelegen,
Bot nach dem lauten Werkgetön
Genuß und Freuden allerwegen.
Zwar ist gefährlich ihre Luft
Am Tage denen, die hier wohnen,
Doch Abends kühl und süß vom Duft
Der Ananas, Orangen, Melonen.
Dann füllten stets auf Stuhl und Bank
Sich die Tavernen der Chinesen,
Malayenmädchen, braun und schlank,
Bedienten mit gefälligem Wesen.

Man saß beim Arak oder Thee,
Bei Weinen, die mit ihren Frachten
In die durchglühte Sundasee
Fernher zahllose Schiffe brachten.
In einem Gasthaus, wohlgepflegt,
Gekannt von Allen, die hier landen,
Mit luftigen Räumen und umhegt
Von laubumsponnenen Veranden,
Da saß van Straten jede Nacht
Mit Andern bis zum Morgendämmern,
Betäubend durch des Weines Macht
Des Herzens ruheloses Hämmern.
Da hielt er Bank, gewann, verlor
Und schlug, zehnfach gewinnend wieder,
Den Unmuth derer, die er schor,
Mit unbarmherzigem Spotte nieder.
Da trank er Manchen untern Tisch
Mit unverhohlner Schadenfreude,
Ganz gleich, bei welcherlei Gemisch
Der Andre Sinn und Geist vergeude.
Ihn focht nichts an, er konnt' allein
Ein unbegrenztes Maß vertragen,
Und Niemand durft' im stärksten Wein
Ihm einen Zutrunk je versagen.
Niemand auch durfte nur die Hand
Nach einem hübschen Mädchen strecken,
Das just bei ihm in Gnade stand,
Wollt' er nicht Eifersucht ihm wecken.
Erhob sich Streit, was oft geschah,
So war er schrecklich anzuschauen,
Gleich kampfgerüstet stand er da

Mit finstern, tief gefurchten Brauen.
Die große Zornesader schwoll,
Die dunkeln Augen schossen Blitze,
Und seine Stimme mächtig scholl,
Bis Jeder schwieg auf seinem Sitze.
So war er hier auch als Tyrann
Gefürchtet und zugleich beneidet
Und seltsam über Weib und Mann
Mit zwingender Gewalt bekleidet.
Trieb aber Nachts er noch so toll
Unfug und Frevel beim Gelage,
Nutzt' er, ein Waghals jeder Zoll,
Doch klug und rührig seine Tage.
Er kaufte, feilschend schlau und scharf,
Vorräthe von des Landes Schätzen,
In andern Häfen nach Bedarf
Und mit Gewinn sie abzusetzen.
Dann mit des Kaufmanns weitem Blick
Fuhr er umher auf seinem Schiffe
Im Inselmeere, mit Geschick
Umsteuernd die Korallenriffe.
Auf Celebes und Sumatra,
Borneo und den Philippinen, —
Wo man van Stratens Flagge sah,
Gab's immer etwas zu verdienen.
Und hier wie dort in Lärm und Wust
Durchprasst' er zügellos die Nächte,
Als ob er damit von der Brust
Die Lasten wegzuschwemmen dächte.
Doch in ihm saß und fraß der Wurm,
Der ihm das Herz zur Hölle machte,

Den nicht der Leidenschaften Sturm,
Nicht Trunk und Spiel zur Ruhe brachte.

Auf seiner Seele lag der Mord,
Und überall, an Land, an Bord,
Sah er des Blutes rothe Welle
Und auf Bahia's Damm die Stelle,
Wo er den besten Freund erstach,
Früd Buncken röchelnd zusammenbrach.
Kein Menschenauge hatt's gesehn,
Kein Richter und Rächer konnt' erstehn,
Der Mörder selber trug allein
Die bergeschwere Gewissenspein.
Die Hand, mit der er den Stoß geführt,
Däucht' ihm als wie vom Schlage gerührt,
Sie zitterte, wenn er am Glase sog,
Sie zitterte, wenn er die Karte bog,
Am liebsten hätt' er sie versteckt,
Als sähe man, daß sie mit Blut befleckt.
Einmal, von Herzensangst verwirrt,
Hatt' er sich gar dahin verirrt,
Sein bischen Katechismus gesammelt,
Ein halbes Vaterunser gestammelt
Bis „Und vergieb uns unsre Schuld,
Wie wir —", da riß ihm die Geduld.
„Ach was! der Teufel hole das Beten,
Das Händefalten und Quetschen und Kneten,
Als pfiffe man auf dem letzten Loch
Und beugte den Nacken unter das Joch!
Ich habe gewonnen in letzter Zeit,
Da könnt' ich für Seel' und Seligkeit

Und zur Vergebung meiner Sünden
Dem lieben Gott ein Kirchlein gründen
Oder ein Siechenhaus für die Kranken.
Dann muß er sich doch bei mir bedanken,
Ausgleichen mein Conto, bis dato quitt!
Wär' ein Geschäft! ja, — aber Früb!
Der steht mit seinem Blut dabei,
Läßt mich nicht los, giebt mich nicht frei,
Und ehrlos hat er mich genannt, —
Früb, steig' herauf aus dem Meeressand
Und lösche jener Stunde Graus,
Gieb meine Ehre mir heraus!"
So schrie's in seiner armen Seele
Und hielt gepackt ihn an der Kehle.

Wie diese Qualen im Tageslicht,
Im Dunkel der Nacht auch Duldung heischten,
Sie waren noch die größten nicht,
Die ihm das zuckende Herz zerfleischten.
Sein Weib! sein Weib! ein Andrer hielt
Sein schönes, junges Weib umschlungen!
O hätte nach dem sein Dolch gezielt
Und Edzard Truelsens Brust durchdrungen!
Sie liebten sich, er wußt' es genau,
Dem von ihr heiß Ersehnten grade
Hatt' er die um ihr Glück betrogene Frau
Dahingegeben auf Gunst und Gnade.
Wie mögen sie leben? wo mögen sie sein?
Sie herzen sich, sie kosen und lachen,
In seinen Armen schlummert sie ein,
In Armen hält er sie beim Erwachen.

Sein eigen ist sie, er wird sie,
Sie ihn berauschen und berücken,
In Freuden schwelgend theilen sie
Der Liebe Wonnen und Entzücken.
Was Eifersucht ersinnen kann
An Grausamkeit der Folterqualen,
Das setzte sie bei van Straten dran,
Erbarmungslos ihn zu zermalen.
Was ist ein Mord?! könnt' ungeschehn
Er machen, was er im Spiel verbrochen,
Zehn Morde noch wollt' er begehn,
Hätt' er das Wort nicht ausgesprochen!
Drei Jahre! bald sind sie dahin,
Dann soll sein Weib er wiederhaben,
Und wie will er mit jedem Sinn
An ihrem Liebreiz sich erlaben!
Nie hat er ihrer so begehrt
Wie jetzt, da bald die Frist vergangen,
Bis endlich er von hinnen fährt
Zum Cap, zum Cap, sie zu empfangen,
Mit ihr vereint dann wieder sich
Der lieben Heimat zuzuwenden,
Die nie aus seinem Herzen wich,
Nicht an des Erdballs fernsten Enden.
Und dann — ein dämmernd Hoffen stieg
Doch in ihm auf, daß sie, die Reine,
Noch einmal über ihn den Sieg
Davon trüg' und das tief Gemeine,
Das in ihm lag, mit ihrer Huld
Besänftigen, bezwingen würde,
Daß Ingborgs wegen seine Schuld,

Des Mordes martervolle Bürde
Von ihm genommen und er mild
Durch sie gemacht würd' und entsündigt,
Wie wunderthu'nd ein Heil'genbild
Dem Beter Gnad' und Trost verkündigt.
In seiner Jugend Heimatsort
Wollt' er der Laster sich entschlagen,
In Ruh und Frieden fort und fort
Sein liebes Weib auf Händen tragen.
Daß Ingeborg ihm Widerstand
Bereitete, weil sie ihn haßte,
Daß lieber sie des Todes Hand
Als jemals wieder seine faßte,
Auf den Gedanken kam er nicht;
Nur eine Frage macht' ihn beben,
Auf die er sich voll Zuversicht
Die Antwort mußte selbst zu geben:
„Wird Truelsen kommen? ich denke wohl,
Er wird an seinen Schwur sich binden;
Sonst such' ich ihn von Pol zu Pol,
Und — Tod und Teufel! — ich werd' ihn finden!“

Der Tag erschien, wo der Komet,
Von günstiger Brise frisch umweht,
Den Anker in der Bai gelichtet,
Zur Heimat seinen Kurs gerichtet,
Nun aus Batavia's Inselring
Stolz rauschend unter Segel ging.
Van Straten stand allein am Heck
Auf dem hochragenden Quarterdeck,
Und seine dunkeln Augensterne

Blickten hinaus in die Meeresferne,
Wo hinter des Ozeans Wellenschlag
Das Cap der guten Hoffnung lag.
Tief athmend hob und senkte sich
Die breite Brust, und es beschlich
Den finstern Mann ein heißes Sehnen:
O könnt' er dreifach die Segel dehnen,
Daß sie wie Schwingen die Luft durchflögen,
Daß sie den Kiel durch die Wogen zögen
Brausend dahin auf der schäumenden Fluth,
Schnell wie Gedanken und Liebesgluth!
„Haltet, ihr Masten, stehet wie Thürme!
Schicksal dort oben, sende mir Stürme!
Biete den Kampf mir, ich nehm' ihn an,
Aber bringe mich hurtig hindann!
Auf meinem fest gezimmerten Kiel
Trotz' ich auch Dir und dem wirbligen Spiel,
Wenn sich's in Wettern und Wässern erhebt,
Daß Marklosen die Seele bebt!"

So klang sein Wunsch, hochmuthbethört,
Das Schicksal hatt' ihn doch gehört,
Es sandt' ihm Stürme von oben herab,
Aber sie bliesen nicht hin zum Cap,
Sie wehten dem Schiffe schräg entgegen,
Verschlugen es aus den gesteuerten Wegen
Und warfen im indischen Ozean
Es weit umher auf verlassener Bahn.
Da in van Straten stieg der Groll,
Daß zum Zerplatzen das Herz ihm schwoll.
Vergessen waren, wie ausgestrichen,

Die guten Gedanken, die ihn beschlichen,
Und wieder in Besitz ihn nahm
Unbändiger Trotz, der ihn überkam.
Er sollte nicht Herr sein auf dem Meer?
Nicht segeln können nach seinem Begehr,
Betrogen in seinem Hoffen und Wähnen?
Und Flüche murmelnd in knirschenden Zähnen,
Reckt' er die Faust empor, geballt:
„Ich kriege Dich doch in meine Gewalt!"
Und wie beschworen von Menschenwillen,
Des Unbeugsamen Verlangen zu stillen,
Drehte der Wind sich und trieb mit Macht
Das Schiff gen Westen nun Tag und Nacht.
Doch in dem Kampf verging die Zeit,
Wohl Hunderte von Meilen weit
War noch das Cap, und der Komet
Kam zu dem Stelldichein zu spät.
Die Zwei, die dort des Dritten harrten,
Wie lange werden sie auf ihn warten?
War Truelsen dort am rechten Tag,
So war erfüllt ja der Vertrag,
Und kam van Straten nicht in Sicht,
War jener ledig seiner Pflicht,
Hielt ihn am Ende gar für todt,
Sich und sein Glück für unbedroht,
Ließ flugs den Heimatwimpel steigen,
Und Ingborg war und blieb sein eigen.

Van Straten sah, daß in dem Strauß
Das Schicksal gegen ihn sich kehrte,
Und ließ nun an der Mannschaft aus

Die Wuth, die in ihm gor und zehrte.
Er ging im Dienst, beim Segelstelln
Jetzt grausam um mit seinen Leuten,
Und die steifnackigen Geselln,
Die sich vor keiner Fährniß scheuten,
Sie zitterten vor ihm, der Ton
Von seiner Stimme beim Befehlen
Klang ihnen schon wie Todesdrohn,
Und Keiner konnte sich verhehlen:
Der Kapitän schien im Begriff,
Das Alleräußerste zu wagen,
Sich selbst, die Mannschaft und das Schiff
Von aller Vorsicht loszusagen.
Es stürmte wieder stark aus Süd,
Und doch ließ er noch Segel setzen,
In seiner Ungeduld bemüht,
Geschwinder noch dahin zu hetzen.
Doch vorwärts kam man auf die Art,
Daß den Verwegensten oft grauste,
Wie der Komet in toller Fahrt
Durch die empörten Wogen sauste.
Bei einem flücht'gen Sonnenlicht
Ward eine Gissung aufgenommen, —
Schon in zwei Tagen mußt' in Sicht
Das Cap der guten Hoffnung kommen.
Jetzt sah van Straten aus Südwest
Ein Schiff ihm grad entgegen steuern, —
's ist Truelsen! dacht' er steif und fest,
Durchlodert von der Sehnsucht Feuern.
„Laß fallen Segel!" rief er schnell,
Den eignen Lauf noch zu beflügeln,

In seinem Antlitz ward es hell,
Kaum konnt' er sein Verlangen zügeln.
Doch näher bald, hieß ihn ein Blick
Die heiß erglühte Hoffnung dämpfen,
Denn eine Genueser Brigg
Sah jetzt er mit den Wellen kämpfen.
Enttäuscht, in Wuth ob dem Befund,
Befahl er, darauf los zu halten,
Und schrie: „Bohrt die Canaill' in Grund,
Daß Bug und Bord in Stücke spalten!"
Da packte doch ein jäher Schreck
Selbst diese hart gesottnen Seelen;
Hatt' im Gewissen auch ein Leck
Jedweiner, — ihnen zu befehlen,
Ein friedlich Schiff mit Mann und Maus
Zu übersegeln, Kameraden
Mit Weib und Kind vielleicht zu Haus
So hinzumorden ohne Gnaden, —
Unmenschlich war's! doch alle Mann,
Mitschuldig werdend am Verbrechen,
Gehorchen in des Wüthrichs Bann
Schnurstracks und ohne Widersprechen.
Mit Vollkraft, alle Segel los,
Rennt der Komet scharf in die Seite
Der Brigg mittschiffs, daß von dem Stoß
Durchbohrt wird ihre Backbordbreite.
Dem Schrei, der sich der Noth entringt,
Antwortet nur ein teuflisch Lachen,
Die braven Seemannsherzen schlingt
Hinab des Strudels tiefer Rachen.
Darüber weg fährt der Komet.

Es regt sich keine Hand zum Retten,
Kein Boot von ihm zu Wasser geht,
Das Meer mag seine Todten betten. — —

Ist immer noch nicht voll das Maß
Der Greuelthaten? oder vergaß
Der Himmel, einen seiner Blitze
Vom zorngeballten Wolkensitze
Als Racheftrahl herab zu senden,
Des Sünders Uebermuth zu enden?
Auf welchen Frevel, welche Schuld
Wartest Du, himmlische Geduld?
  Dem Cap zu steuert der Komet,
Da wächst des Sturmes Kraft, er weht
Von Süden her mit einem Rasen,
Als wollt' er das Meer zu Schaum zerblasen.
Zu Bergen steigen die Wogen empor,
Und über ihrem tosenden Chor
Durchdringt die Luft ein dumpfer Schall
Wie fernher dröhnender Donnerhall.
Und wilder, immer wilder braust
Es noch heran und flockt und kraust
Der sprudelnden Kämme hochspritzenden Gischt,
Es rauscht wie in Wipfeln und kocht und zischt,
Es wühlt und wälzt sich in hastender Flucht
Mit einer erderschütternden Wucht,
Und über dem weiten Ozean
Erhebt der Sturm sich zum Orkan.
Tief in die Wellenthäler nieder
Taucht ein das Schiff und schwebt dann wieder,
Auf breitgewölbten Rücken gehoben,

In wirbelndem Tanz, in Taumel und Toben,
Gleich einem Fangball hin und her
Geschleudert vom blinden Ungefähr.
Die Raaen knarren, die Masten schwanken,
Unheimlich knistert's in den Planken,
Im Tauwerk raffelt's und pfeift und schrillt,
Sturmsegel zum Zerreißen schwillt,
Und über Bord mit Spülen und Spei'n
Brechen die stürzenden Wellen herein.
 Van Straten steht auf seinem Platz
Wie festgewurzelt, wie auf der Hatz
Der Eber, von der Meute gestellt
Und gegen den Feind das Gewehr gefällt,
Bereit zum Kampf auf Tod und Leben,
Doch nimmer lebendig sich zu ergeben.
Er rührt sich nicht, er regt sich nicht,
Keine Muskel zuckt in seinem Gesicht,
Er blickt auf den donnernden Wogengang
Kaltblütig, finster, mit dem Drang,
Des Sturmes Wüthen zu bezwingen
Und sicher sein Schiff zum Cap zu bringen.
Jedoch mit jeder Minute steigt
Die ernste Gefahr, zur Seite neigt
Sich der Komet, als wollt' er kentern,
Wenn Sturzsee'n über die Rehling entern.
Wie lange wird er die See noch halten
In dieses Sturms furchtbaren Gewalten,
Wie auch van Straten ihn nie erlebt?
Die Mannschaft klammert sich fest und bebt,
Die Einen beten, die Andern fluchen:
„Ja, Freitagsegeln heißt Gott versuchen,

Der Unmensch bringt uns ins Verderben,
Für seine Sünden müssen wir sterben;
Der Teufel soll sich mit ihm beladen!
Herr Gott im Himmel, hilf in Gnaden!"
Van Straten blickt verachtungsvoll
Auf sie herab, in Grimm und Groll
Fährt er dann los auf den murrenden Haufen:
„Ihr seid nichts werth, als zu versaufen!
Verdammte Schufte, verfluchtes Pack!
Der Donner erschlag' euch! ist dies ein Wrack?
Habt ihr noch keinen Sturm gesehn?
Könnt ihr nicht mehr auf den Beinen stehn,
Weil Memmen euch die Kniee schlottern,
So schert euch hinunter statt hier zu lottern!
Doch erst will ich festgebunden sein
Am Ruder hier, ich ganz allein!"
Sie thun's, vermögen's vor Schrecken kaum
Und flüchten sich dann hinab in den Raum.

Nun steht er allein auf verlassenem Deck,
Ans Ruder gebunden, auf einem Fleck.
Stolz wirft den Kopf er ins Genick,
Frech beut die Stirn er dem Geschick,
„So!" höhnt er hinauf ins Sturmgebraus,
„Jetzt machen's wir Zwei mit einander aus,
Du fuchtelnder Herrgottgreis dort oben
Und ich hier unten; ich will Dich loben,
Wenn Du mir Furcht in die Seele jagst;
Soll mich mal wundern, was Du sagst,
Wenn Du mich siehst mein Schiff bewachen,
Wenn Du mich hörst Dein Poltern verlachen.

Jetzt zeige, was Du hast und kannst,
Ob einen Mann Du übermannst,
Der Deinem Droh'n nicht wankt und weicht,
Niemals vor Dir die Flagge streicht!"
Da fährt mit betäubendem Donnerschlag
Ein Blitz hernieder an Steng' und Stag,
Daß bis zum Grund das Schiff erbebt,
In einer Feuersäule schwebt
Der Fockmast und — geht über Bord.
„Halloh! das war ein kräftig Wort!"
Lacht er zum Himmel mit gräßlichem Spott,
„Triffst aber schlecht noch, großer Gott!
Der Schützenkönig hat fehl geschossen!
Hier steh' ich, hier! fest angeschlossen,
Kann mich nicht mal zur Seite biegen,
Wenn Deine knatternden Pfeile fliegen;
Triff mich ins Herz! wo nicht, erlaube,
Daß ich an Deine Allmacht nicht glaube!"
Und Donner auf Donner krachen am Himmel,
Noch schwärzer ballt sich der Wolken Gewimmel,
Als wollten sie schreckend in Nacht verhüllen
Des stürmenden Meeres Brausen und Brüllen.
Doch was in Menschenbrust sich regt,
Des Sterblichen Gemüth bewegt,
Wenn sich in so gewaltiger Art
Die Gottesnäh' ihm offenbart,
Mit ihrem Odem ihn umwittert,
Mit frommen Schauern ihn durchzittert,
Es findet in der Brust von Erz
Van Stratens kein empfänglich Herz,
Den Uebermenschen rührt es nicht,

Eh' er nicht sterbend zusammenbricht.

Er stemmt sich gegen das Ruder, er zwängt

Das Schiff, von Wirbeln und Wettern umdrängt,

Den rollenden, rüttelnden Fluthen entgegen,

Die es hinüber, herüber legen,

Kämpft, ein Titan, in tosender Schlacht

Vermessen gegen göttliche Macht.

Die Seisinge sind an den Raaen zerrissen,

Die Segel klatschen, zersetzt und zerschlissen,

Die Takelung schüttert und ächzt und stöhnt,

Es heult die See, die Luft erdröhnt,

Und ein Blitz leuchtet dem andern vor.

Van Straten grinst zur Höh' empor:

„Das zuckt und zackt ja wie gesät!

Man kann nicht sagen, daß mit dem Geräth

Zum Gruseligmachen er oben geizt,

Ich hab' ihn wohl ein wenig gereizt,

Und Seine Gnaden sind ungehalten

Mit allerungnädigstem Stirnefalten.

Höre Du! wollen wir Frieden machen?

Oder soll Satan ins Fäustchen lachen,

Daß er einen Kerl wie mich erwischt,

Der ihm manchmal die Karten gemischt,

Und der in Deiner erhabenen Sphäre

Eine Zierde des siebenten Himmels wäre?“

Als Antwort auf die schaurige Frage

Reißt jetzt zertrümmernd mit einem Schlage

Die See das Schanzkleid am Backbord weg

Und überfluthet das ganze Deck.

Das Wasser dringt in den Raum hinein,

Immer mehr und mehr, bei der Blitze Schein

Erkennt van Straten die wachsende Noth,
Der seine Kraft nicht Halt gebot.
Er steht, bis auf die Haut durchnäßt,
Mit triefendem Haar, doch er steht fest,
Hält aus im ungeheuren Streit
In seiner verzweifelten Einsamkeit.
Und immer noch steigert sich der Orkan
Und pflügt und wühlt in dem Ozean,
Daß Wog' auf Wog' ans Schiff sich krallt
Und Stoß auf Stoß dagegen prallt
Mit einem so fürchterlichen Getöse,
Als ob sich in voller Vernichtung löse
Der Erde meerumgürteter Ball
Und unter des Himmels berstendem Fall
Die Welt aus ihren Fugen ginge
Zum letzten, grausigen Ende der Dinge.
Van Straten mit höhnischer Lippe spricht:
„Ich glaub', er schickt das jüngste Gericht
Um meinetwill'n, viel Ehre für mich,
Daß er so gründlich mich auf dem Strich!
Doch nun ist's aus, klar ist's zu sehn,
Wir müssen schmählich zu Grunde gehn.
Truelsen, Du kannst das Weib behalten,
Ihr mögt mit euren Tagen schalten,
Und sollte die Rückkehr euch gerathen,
So grüßt die Heimat von Iyn van Straten!"
Ingborg! — die Heimat! — nie sieht er sie wieder,
Die Beiden, niemals! — still vor sich nieder
Schaut er und daneben aufs Wellengrab,
Einen Augenblick nur, dann schüttelt er's ab.
„Vorwärts! in Teufels Namen hinein

In den Tod und — was danach mag sein!
Ich habe dieses Leben durchstürmt,
Das andre, das sich da drüben thürmt —,"
Ihn schaudert, eiskalt packt es ihn an
Als wie mit Klauen, den eisernen Mann.
Da stürzt eine Welle hoch auf ihn los
Und wirft mit unwiderstehlichem Stoß
Aufs Knie und halb zu Boden ihn.
Schnell springt er auf: „Ich will nicht knie'n!"
Ruft er und stampft mit trotzigem Fuß,
„Lieber der Hölle den ersten Gruß!
Und Du dort oben im himmlischen Hort,
Vernimm im Sturm mein letztes Wort!
Wenn ich am Ruder hier sterben soll,
Gutwillig weich' ich keinen Zoll,
Solang auf dem Wasser der Wind noch weht,
Solang auf dem Kiel ein Mast noch steht,
Und eh' ich bei Dir um Erbarmen fleh'
Und kriechend winsle: Dein Wille gescheh'!
Will ich verdammt sein, von dieser Stund'
Zu segeln — —", da verstummt sein Mund.
In ihm wird's plötzlich öd' und leer,
Das wilde Herz, es klopft nicht mehr,
Und alles Wollen und Wünschen ruht,
Er ist nicht mehr von Fleisch und Blut.
Es ist kein Mensch mehr, der da steht,
Die Hand am Ruder, sturmumweht,
Mit aschefahlem Leichengesicht,
Mit blinkendem Weiß im Augenlicht,
Von Kopf zu Füßen die Gestalt
Von einem gespenstischen Grauen umwallt;

Der Tod ist an ihm vorbei gegangen
Und hat verschmäht, ihn zu umfangen.
    Und ein erstaunliches Wunder geschieht,
Das der nicht mehr Erschreckende sieht:
Das Schiff ist heil und unversehrt,
Mit voller Takelung bewehrt,
Die Masten stehen mit den Raa'n
Vom Bugspriet an bis zum Besan,
Klar ist das Deck und unverletzt,
Und alle Segel sind gesetzt,
Soviel es Leinwand tragen will,
An Bord ist Alles todtenstill.
Auf ihren Posten sind alle Mann
Und glotzen zum Kapitän hinan,
Schweigsam den Dienst zu thun und flink
Auf ihres Meisters stummen Wink.
Doch Schatten und Schemen sind sie bloß,
Von Blute leer und odemlos,
Starr ist ihr Blick, die Stirne bleich,
Die Wangen hohl, Gestorbnen gleich.
Die Segel scheinen wie Nebel grau,
Wie Spinnweben Troß' und Tau,
Ein schwarzer Wimpel ist geheißt
Am Großtopp, Alles sonst erweist
Seetüchtig sich am Schiff und dicht,
Doch einen Anker hat es nicht.
Hoch geht die See noch weit und breit,
Thut nimmermehr dem Schiff ein Leid;
Geruhig zieht es durch die Well'n,
Nicht schwankend mehr in ihrem Schwell'n,
Geräuschlos fährt es, regungslos

Und unberührt vom Sturmgetos.
Und wie der Tod, der Umschau hält
Nach dem, was ihm zur Beute fällt,
Van Straten auf dem Decke steht,
Zu segeln, solange der Wind noch weht.

XV.

Das Geisterschiff.

—

„Vor ihm sind tausend Jahre wie ein Tag,"
Spricht der Psalmist. Des Meeres Wellenschlag,
Die Athemzüge seines Rauschens sind,
Ob sie nun schleppend gehen, ob geschwind,
Ein Puls der langen, langen Erdenzeit,
Und sie ist nur ein Hauch der Ewigkeit,
Wo Sonnen glühen und zu Eis erkalten,
Die jüngsten Sterne winterwüst veralten.
Was Menschen raschen Wortes „ewig" nennen,
Wenn sie sich lieben, und wenn sie sich trennen,
Wieviel ist's länger, als die Blume blüht,
Die eines Sommermorgens Thau besprüht?
Landflüchtig ist der Mensch in der Natur,
Sein Leben währt, wenn's hoch kommt, siebzig Jahr,
Und wenn es herrlich, wenn es köstlich war,
So war es nichts, als Müh und Arbeit nur.
Ihn aber dünkt der alten Erde Rund,
Das seine Hütte trägt als sicher Grund,
Der Boden, drauf er mit den Füßen steht,
Durch Noth und Tod mit seiner Liebe geht,
Die Scholle, die er pflügt mit seiner Schar,

Feft, unerschütterlich, unwandelbar.
Und ist es auch, so lange Menschen denken,
Erinnernd ins Vergangne sich versenken
Und sehnend, hoffend in die Zukunft schauen,
Der ihres Herzens Wünsche sie vertrauen.
So rauschte schon das Meer, wie's heute rauscht,
Bevor es noch ein Menschenohr belauscht;
So sah es der, der mit dem Steinbeil schlug,
Des Höhlenbären Haut als Mantel trug,
So sahn es die phönizischen Triremen,
Die Griechenflotten und beim Beutenehmen
Wikinger Drachen, so der Hansa Ehren
Und so Venedigs kreuzende Galeeren,
So wird es sehn der Letzte, der's befährt,
Der letzte Fischer, der von ihm sich nährt.
Wenn es sich leise schwingend senkt und hebt,
Sein schimmernd Blau von keinem Sturm durchbebt,
Am Tage sonnig glänzt und lockt und lächelt,
Mit sachtem Wogengange Kühlung fächelt,
Und sich bei Nacht aus ihrer Weltenferne
In seinem Spiegel schau'n die goldnen Sterne,
Verräth es nicht, was unter seiner Fluth,
Von Finsterniß umhüllt, im Tiefen ruht.
Da liegt manch Anker, dessen Kette riß,
Manch eine Kugel, die durch Segel biß,
Und weit davon vielleicht dasselbe Rohr,
Aus dem sie in der Seeschlacht schoß hervor.
Da schlummern einsam menschliche Gebeine,
Nicht zugedeckt mit einem Marmorsteine,
Gebeine derer, die im Schreckensdrang
Des Schiffbruchs fanden ihren Untergang.

Nicht Alle doch, die hilflos von den Planken
Herabgespült, versanken und ertranken,
Ruhn unbestattet in der Tiefe Schoß
Versandend aus vom harten Seemannsloos.
Manch Einen trägt die Welle wohl zu Land
Und bettet sanft ihn auf bewohnten Strand,
Da findet er mit Kreuz und Nummerstab
In Frieden dann ein namenloses Grab.

Manch tüchtig Schiff mit stolzen Masten
Fuhr aus vom Hafen auf gut Glück,
Trug in die Ferne reiche Lasten
Und kehrte niemals mehr zurück.
Wo es gescheitert, wo gestrandet,
Wie's unterging in seiner Noth,
Niemand erfährt's, denn nie gelandet
Ist nur ein einzig rettend Boot.
Es wird gesucht in allen Breiten,
Ob irgendwo nicht Trümmer roll'n
Von seinem Wrack in Meeresweiten,
Umsonst! auf immer ist's verscholl'n.
Daheim, da sitzt die treue Liebe
Und hofft und harrt das Herz sich wund
Und horcht, ob nicht die Zeitung schriebe
Von der Vermißten frohem Fund.
Es kommt kein Brief, sie zu beglücken,
Kein Bote setzt ins Haus den Fuß,
Der Weinenden die Hand zu drücken
Mit ihres Liebsten letztem Gruß.
Sie muß sich mit dem Trost bescheiden:
Er ruht in Gott, wo er auch ruht;

's ist Seemanns Lust und Seemanns Leiden,
Zu kämpfen mit der wilden Fluth.
Wer kennt der Schiffe, wer der Böte
Und wer der Menschen Zahl im Land,
Die ihre letzte Abendröthe
Erblickten fern vom Heimatstrand?

Edzard und Ingeborg ruhen im Meer
Und weit, weit von Greetsiel,
Ihr Haus auf Sylt stand öd und leer,
Bis es allmählich zerfiel.
Auf Edzard hat manch treuer Genoß
Gewartet lange Zeit,
Um Ingeborg keine Thräne floß,
Sie sank in Vergessenheit.
Nur Einer suchte sie, wetterfest,
Im Rauschen des Wellenschlags,
In Still' und Sturm, in Ost und West,
Und — sucht sie noch heutigen Tags.
Nicht daß er sie liebt, nach ihr sich sehnt,
Sein Herz ist längst erstarrt,
Und dennoch, an den Mast gelehnt,
Steht er und späht und harrt,
Weil er das Maß der Zeit verlor
Und denkt, daß sie noch lebt
Und ihm mit ihr aus der Gnade Thor
Erlösung entgegen schwebt.
Er muß sie suchen weit und breit,
Wie der Falter die Flamme sucht,
Muß segeln und segeln in Ewigkeit,
Vom Himmel dazu verflucht.

Wie oft hat er auf Such' und Spur
Die Erde schon umkreist,
Nie landend, immer segelnd nur,
Ein ruheloser Geist! —

Die Dämmerung bricht leis herein,
Es blinken schon die ersten Sterne,
Da zieht im letzten Tagesschein
Ein Schiff einsam in Meeresferne.
Ein andres steuert ihm entgegen,
Mit allen Segeln fährt's herzu,
Doch ohne Schwanken, ohne Bewegen,
In todesstarrer Ruh.
Dem ersten grade gegenüber
Steht's still, als ob's verankert sei,
Und durch das Sprachrohr tönt's herüber
Mit schauerlichem Klang: „Dreht bei!"
Die Schiffe halten;
Von alterthümlichem Bau
Ist das mit der Segel vollem Entfalten;
Sie schimmern so gespenstisch grau,
Als wären sie aus Nebel gewoben,
Die Toppen umflimmert ein bläulicher Glanz,
Blutlose Gesichter zeigen sich oben
Und grinsen über der Rehling Kranz.
Ein Boot stößt ab, ungerojet gleitet
Es ganz von selbst lautlos heran;
Als ob sein Blick es lenkt und leitet,
Steht darin aufrecht ein einziger Mann.
Der kommt an Bord, begrüßt mit Neigen
Den Kapitän, der in staunendem Schweigen

Empfängt den unheimlichen Gast,
Und spricht wie unter schwerer Last
Das dringende Gesuch inmitten
Der vor ihm grauenden Mannschaft aus:
„Mynheer van Straten läßt Euch bitten:
Nehmt diese Briefe mit nach Haus!"
Er spricht es halb mit tiefem Flehen,
Halb so gebietend und bestimmt,
Daß der Kap'tän nicht widerstehen
Der Bitte kann und die Briefe nimmt.
Der Fremde dankt mit stummem Nicken
Und kehrt dann ohn ein weitres Wort,
Wie er gekommen, vor Aller Blicken
Zurück an seines Schiffes Bord.
Dort steht am Heck eine hohe Gestalt,
Von langem, grauem Haar umwallt,
Die winkt und ruft jetzt, daß es schaurig
Herüber schallt und ach! so traurig:
„Grüßet die Heimat!"

Der Segler schwindet
Im Nebelduft,
Es weht und windet
Und saust in der Luft.
Die Wolken thürmen
Sich in der Nacht,
Es beginnt zu stürmen,
Es blitzt und kracht.
Die Briefe, die an Bord geblieben,
Sie bringen Gefahr und Noth,
Sie sind an Zwei geschrieben,

Die lange, lange tobt.
Vom Schiffe nieder
Geht niemals wieder
Ein Anker zum Grunde, —
Bald kommt seine Stunde.
Da schlagen zusammen
Darüber die Wogen,
Oder von Flammen
Wird's aufgesogen,
An Riffen zerschellen
Wird's in den Wellen,
Scheitern am Strande, —
Nie kommt es zu Lande.

Wer ist der Segler,
Der Unheil bringt,
Deß Ruf wie aus andrer
Welt erklingt?
Von allen Schiffern
Ist er gekannt,
Der fliegende Holländer
Wird er genannt.
Durch alle Meere
Sein Weg hin geht,
Solang auf Erden
Der Wind noch weht.
In Windstille fährt er
Schnell durch die Fluth,
Im Sturm, als wenn er
Vor Anker ruht.
Wehe dem Schiffe,

Das ihn erblickt,
Dem einen Gast er
Mit Briefen schickt!
Weil er Gott verhöhnt,
Ist er verdammt .
In Ewigkeit
Zu dem schrecklichen Amt,
Zu segeln, zu segeln
Ruhelos,
Verderben zu bringen
Hoffnungslos.
Der den grausigen Fluch
Sich selber schuf,
Uebers Meer hin schaurig
Schallet sein Ruf:
„Grüßet die Heimat!"